JN287866

手折られた花

Taorareta-Hana ＊ Mika Shinbashi

新橋 実夏

文芸社

そろそろ重く生きる時代だと思う

新橋実夏

手折られた花／目次

第一部　幸せ

一

一　人が観てるとき、勝手にTVのチャンネルを変えてしまわないこと
二　冷蔵庫のおやつは、自分の割り当て分以外は食べないこと
三　家の手伝いはギブアンドテイクではありません。欲しい物があるときだけではなく、日々思いやりを持って協力すること

野々村直《ののむらなお》は鏡の右上に貼られた注意書きに何げなく目を通しながら、重く疲れた両腕で、四度目のゴムを結んだ。両腕の筋肉を、だらりと一気に休息させる。

ちょっと横を向いて、手鏡で後ろをチェックする。

……また、ダメだ。

左後ろが、ぷくりと膨らんでいる。

「もうやだ」

直はぽつりとそう呟くと、今結んだばかりのヘアゴムを、再び乱暴に引っ張りはずした。髪がばらばらと、肩に落ちる。

「お母さぁん、助けてぇー」

朝食後部屋に戻ってから、十分近くも鏡台の前で自分の髪の毛と格闘していた直は、とうとう音《ね》をあげて大声を出した。

すぐに階段を駆け上がってくるパタパタというスリッパの音とともに、

「お父さんが起きちゃうじゃないの」

という、夏子《なつこ》の半分怒ったような声が聞こえてくる。

「げっ怒ってるよ」

直は多少うんざりした気分で、ドアの開くのを待った。

ただでさえやっかいなことになっているのに、この上さらに叱られるなんて、冗談じゃない。

なんでも直は自己中心的で、他人《ひと》の迷惑を省みない娘に育ってしまったらしく、夏子はその修正に、近頃躍起になっている。おそらく今の行為も、その自己中心的というものに該当するのだろう。

部屋に入ってきた夏子は、しかし直の頭を見るなりフッと鼻から息をもらした。

直はそれを、見逃さなかった。

「お父さんがまだ寝てるのに、大声で叫んでしまってすみませんでしたー」

先手を打って早口で謝ってしまうと、きちんと鏡台の椅子に座り直し、鏡の中の夏子に、にっこりと笑いかける。

一旦笑ってしまった手前、夏子が今さらもう怒れなくなったのを、承知の上で、である。

「しょうがないわねぇ」

夏子は苦笑しつつも、ヘアブラシを手に取った。

「まったく……直は調子いいんだから」

ぶつぶつ言いながらも、手は動かしてくれている。

直の勝利である。

「あのね、ポニーテールにしたいの」

「はいはい、わかりましたよ」

ふてくされたように、夏子が言う。

夏子は慣れた手つきで、ボサボサだった直の髪を、手際よく、上の位置にとかし上げはじめた。

直は安心して、鏡に映った夏子の手つきと、きれいになっていく自分とを見ているうち、ふと、ある嬉しい発見をした。

「似てるよね。私とお母さん」

「そう?」

「うん、似てる」

直は夏子の大きな二重まぶたの目や、形のいい鼻を見ながら答えた。唇だけは父親似らしく、直の方がやや厚めで大きいが、目鼻だちは夏子そっくりだ。大きめの唇がちょっと気に入らなくはあるが、見ようによってはふっくらしていてかわいいと思えなくもなかった。

仕上げに前髪をとかしてもらう。

「出来た」

と夏子がブラシを置いた。

直は軽く、首を横に振ってみる。

鏡の中のポニーテールが、元気よく揺れた。

やっぱりポニーテールは、お母さんにやってもらうに限る。

結び目の高さはちゃんと直の好きな眉毛らへんの位置にしてくれているし、うなじから結び目にかけてのたるみやすいラインも、とてもきれいにとかし上げられている。

「すごくきれいに出来てるぅ。自分でやるとね、どうしてもここがたるんじゃうの」

直が喜んで何度もうなじの辺りをなで上げていると、夏子が笑って言った。

「そんなに喜んでくれると、お母さん、やってあげたかいがあるわ」

「じゃあポニーテールは、これからもずうっとお母さんの係ね」

直が調子に乗ると、

「しょうがないわねぇ」

と夏子は言い、半分呆れ顔で、いいけど、とつけ足した。

「来年中学に上がるまでに、自分の髪ぐらい自分で結べるようになっておきなさい」

と夏子に言われ、近頃は毎朝一人で頑張っていた直だったが、ポニーテールだけはどうも難しくていけない。上の位置にブラシでとかし上げるだけでも一苦労なのに、やっときれいにまとめ上げ、いざゴムで結んでみると、必ずどこかがたるんでいるのである。そんなことを何度も繰り返すうち、両腕は疲れてくるわ髪はこんがらがってくるわで、しまいにはもう、どうでもよくなってくる。

たいていいつもはその時点で諦め、途中から他の髪形に変えてしまうのだが、今日は直にとって特別な日である。

直はもう一度鏡の中のポニーテールを左右に揺らして、にっこりと笑ってみた。とそこ

へ、

「あらあんた、靴下穴あいてんじゃない」

と、夏子がいきなり無遠慮に言った。せっかくのいい気分が台無しである。

「知ってるよ」

直は鏡台の下の、右足の指先を見ながら平然と答える。ブルーとオレンジの横縞の靴下の先から、親指だけが思い切り飛び出している。

「知ってるよじゃないでしょう。知ってるなら他のに替えなさいよ」

「やだよ。これが一番今日の服に合うんだから」

前面に派手なハート柄のついたオレンジ色のトレーナーに、デニム地のミニスカート姿の直は、慌てて手で靴下の先を引っ張って、親指を隠した。

夏子は呆れ顔で、直を見る。

「そんなことしたって、どうせまた出るでしょうが」

「靴履けばわかんないもん」

「いいからほら、脱ぎなさい。すぐ縫ってあげるから」

「ほんと？　やったあ」

本当は少し、気になっていたのである。

直は喜んで椅子から立ち上がると、洋服ダンスの一番上の引き出しから、裁縫道具を持ってきて夏子に渡した。

「あんたは足の爪でも切ってなさい。のびてるから」

「はあい」

直は素直に返事をすると、開けっぱなしの同じ引き出しから、爪切りを探し出してきて夏子の前にしゃがんだ。

「この上でね」

「うん」

夏子の広げてくれた布切れ（裁縫道具の中に入っていた）の上に片足を乗せ、直は慎重に爪を切りはじめる。

夏子は器用に針穴に糸を通し、裏返した直の靴下の穴を、端から細かく、丁寧に縫って閉じていく。

穏やかな沈黙の中、ふと、直が呟いた。

「うちは平和で、ほんとありがたいよねぇ」

え？　と夏子が顔を上げる。

「急にあなた、何を言い出すの」

笑いを含ませながら、夏子が言う。およそ十二歳とは思えないセリフを、急にしみじみとした口調で呟いた直を、夏子は可笑しそうに見つめている。

「恭子《きょうこ》の両親ね、もう三カ月もまともに口きいてないんだって」

「え？　そうなの？」

夏子の目から、笑いが消える。

直は下を向いて爪を切りながら、淡々と続ける。

「お互いにシカトしてるか、口ゲンカしてるかのどっちかなんだって。もともと共働きですれ違いは多かったらしいんだけど、その不満が最近になって爆発したみたい」

「あらそう……」

と、夏子は当惑気味に相づちを打つ。

「特にお父さんの方が荒れてるらしくて、襖とかわざと大きな音たてて閉めるんだって。食器もね、ガチャンガチャンて乱暴に流しに投げ入れるから、よく割れるんだって。もったいないよねー」

「もったいないわねえ」

「恭子んち団地だから、二階に逃げるわけにもいかないじゃん？　ケンカ始まるたびジゴクだって言ってたよ」

直はそう言うと、布の上の足を入れ替えた。次は左足だ。

「そう。かわいそうねぇ、恭子ちゃん……」

夏子は本当に、気の毒そうに言った。

「それであんたさっき、うちは平和でありがたいなんて言ったのね」

「そう。うちが平和だと子どもの非行防止にもなるし。だって恭子、家でストレスたまりまくってるから、今度万引きして発散するとか言ってるんだよ」

「え？」

夏子がびっくりした顔をする。

「ちょうどそんとき須藤先生が歩いてきたから、その場で言いつけてやったけどね」

直はそう言うと、ケラケラと笑った。

安心したのか、直につられて、夏子まで笑っている。が、すぐに改まって、直を見た。

「で、恭子ちゃん、大丈夫だったの？」

「ヘーキヘーキ。冗談てことにしてごまかしてたから。面白かったよ、あんときの恭子。すっごい慌てちゃってさぁ」

直はそう言って、またケラケラと笑う。

夏子は困ったような可笑しいような複雑な顔で笑いながら、縫い終わった結び止めの糸の先を、八重歯でプチッと、小気味よく切った。

二

リビングへ下りると、洗面所から、バシャバシャと顔を洗う音が聞こえてきた。

「あれ？　お父さんもう起きてるんだ」

「あんたが起こしたんでしょ」

「昨日遅番だったのに、よく起きれたね」

「もう少し、寝かせといてあげたかったのに」

夏子はまだ、ぶつぶつ言っている。

直はリビングの柱時計に目をやった。

時計の針は、朝の六時四十分を指している。

今日はバトン部の早朝練習があるので、いつもより一時間早いのだ。

洗いたての顔をつやつやさせて、洗面所から健児《けんじ》が出てくる。

「あ、お父さんおはよう。ポニーテールかわいいでしょ。お母さんにやってもらったの」

直が得意げにポニーテールを揺らしてみせると、健児は大きなあくびをしながら、

「ホーハホハッハハ」

と言った。

たぶん、そうか良かったなと言ったのだと思う。

「お父さん眠そう。寝てていいのに」

直は冷蔵庫から、オレンジジュースのペットボトルを取り出しながら言った。

「とりあえず朝めしだけ食って、その後また一眠りするよ」

そう言って、健児はまだ半分眠っていそうな体を、のっそりとテーブルの椅子にもたれさせた。

「目玉焼きでいい?」

再びエプロンをつけはじめた夏子が言う。

いいよ、と健児は答えて、一リットルのペットボトルを、夏子の横でラッパ飲みしている直に目をやった。

「おまえはいつもそういう飲み方をしてるのか?」

「そだよ。飲む?」

直はペットボトルを健児の前に突き出して言った。

何が悪いの、といった顔つきだ。

「いや、いい……」

と、健児は口ごもってしまう。

「元気があっていいじゃない」

夏子がキッチンから振り向いて言う。

「いや、でも男の子みたいじゃないか?」

「女の子は、ほっといても女の子らしくなるのよ。恋をすれば。してる? 直」

してるよ、と冷蔵庫にペットボトルをしまいながら、直が答えた。

「あら誰に」

「八嶋智哉《やじまともや》」

半分冗談だった夏子は、真顔になって直を見ている。

「ああ。去年同じクラスだった?」

「そう」

「やめてくれよ、そんな話は」

健児が慌てて止めに入った。

「あら、知りたくないの、健児さん」

「知りたくないよ」

「そう。私は知りたいな。直、その話、また後で聞いてもいい？」

「いいよ」

直は大人びた調子でそう答えると、不安げにこちらを見ている健児の、向かい側の椅子に座った。

「直はもう食べたのか？」

「お父さんが寝てる間に、一人で先に食べちゃったよ」

「なんだよ、起こしてくれれば良かったのに」

「健児さん、近頃寝不足だから」

と、夏子がまた振り返って言う。

「そうか」

と健児はすぐに納得して、直を見た。

「舞《まい》ちゃんとは、何時に待ち合わせてるんだ？」

「七時。はい、直の特製コーヒー」

直は夏子から手渡されたマグカップを、健児の前に置いた。

「お前は仲介してるだけじゃないか」

「仲介手数料ちょうだい」

「やるかそんなもん」

健児は夏子に、ありがとうと声をかけ、湯気のたったコーヒーを、二口、三口すすった。

「ねぇ、日曜日、ちゃんと休みとれた?」

日曜は運動会である。百貨店勤務の健児の定休日は水曜日なので、事前に申告をして代わりに出勤してくれる人を見つけてからでないと、それ以外の曜日は休めない。

「もちろんとったよ。今年で直のパレードも見納めだしな」

「良かった。今年は六年生だから、最後の団体演技のとき最前列で演技できるんだよ。しかも私はそのど真ん中に選ばれたんだから!」

「そうかあ。すごいなあ」

健児はニコニコして聞いている。

「でしょう!　でも舞はね、一番前は緊張するからいやなんだって」

「直は緊張しないのかい?」

「全然。それどころかワクワクしてる」

「ほぅ。直はプレッシャーに強いんだな」

「あ、それ去年の学芸会で演劇やったとき、小林先生にも言われたな」

「そう言やあのときは、自分から主役に立候補したくらいだもんな」

「私、目立つこと大好き」

「あはは、誰に似たのかな」

と、出来上がったハムエッグを二皿持ってテーブルにやってきた夏子を見ながら、健児が言った。

「中学にはバトン部がないから、演劇部に入るんですってよ」

お皿をテーブルに並べながら、夏子が会話に加わる。

「へぇ演劇部か。そりゃ楽しみだな」

「私お姫様役とか、やってみたい」

「そうだねぇ、直は夏子に似て、美人だからな」

健児が言うと、夏子は、

「まぁ嬉しい」

と言って、座っている健児の背中に椅子の背もたれごと抱きついて、ほっぺたにキスまでした。

直もお母さんに似ていると言われて嬉しかったので、テーブルの上に身を乗り出して、反対のほっぺたにチュッとした。

「こらこら夏子、直が真似するじゃないか」

健児はすっかり照れている。

「うちはほんと平和ねぇ。感謝してるわ」

「感謝してるよ」

真似して直も、健児に言う。

「なんだよそれ。また二人にしかわからない話だな」

健児は顔を見合わせて含み笑いをしている直たちを、交互に見て言った。

日曜日に家にいない上、遅番の日は直が眠った頃に帰ってくるのだから、お父さんのわからない話題があるのは当然だし、しょうがないことだと、直は思う。でもこういうとき、お父さんは絶対に諦めてくれないのだ。

「いったい今度は何なんだ？　気になるだろ、教えてくれよ」

と、やっぱり今日も、健児は聞きたがった。

「あ、そうだ私、ブルーエンジェル作んなきゃいけないんだ」

直は急に思い出したように言って椅子から立ち上がると、逃げるように玄関へと向かった。

「なんだブルーなんとかって」

「ブルーエンジェル。ほら最近流行《はや》ってるでしょ？　全身カラフルで、元気な感じのコーディネートが売りの……」

二人の会話を背中に聞きながら、直は玄関マットに腰かけて、履き慣れたブルーのスニーカーから、白い紐を抜き取りはじめる。

「ああ知ってる知ってる。小学生から中学生の女子を対象にした、子ども服のブランドだろ？　こないだ社員食堂《しゃしょく》で、子ども服売場の連中が話してたよ。この夏はブルー何とかってブランドがバカ売れだったたって。なんだ、直も興味あるのかそういうの」

しらじらしい、と直は思った。

「知ってるなら買ってこいっつーの」

直は一人でぶつぶつ言いながら、昨日夏子が買っておいてくれたオレンジ色の紐を、今紐を抜き終わったばかりのブルーのスニーカーに通しはじめる。

「そうなのよ。でもあんまり高いから、直にはなるべくブルーエンジェルに似た安いメーカーのものを買ってあげてるの」

「それでか。近頃どうも格好が派手になったと思ったら。で、直は今、いったい何をやってるんだ?」

「靴紐をオレンジ色に替えてるのよ。この間ブルーエンジェルで、青いスニーカーにオレンジ色の紐のものを見たらしくて」

「へぇー偉いな、健気だね」

そんなこと感心されても、直はちっとも嬉しくなかった。直は振り向いて言った。

「そう思うなら、ご褒美に一着くらい買ってきてよ!」

「なんだ聞いてたのか」

「聞こえるよ」

「クリスマスまで待ちなさいって、言ったでしょ、直」

「そんなに待てないよ。だって私、みんなにブルーエンジェルもどきとか言われていじめられてんだよ」

「そうなのか直」

健児が驚いた顔で直を見た。直はしめた、と思った。

「そうなの。毎日つらくって」

と、悲しそうな顔で言ってみる。

「夏子、一着くらい、買ってやれば……」

やったぁ！

直は心の中でバンザイをした。

「この子がいじめられるわけないじゃない。大丈夫よ、直は言われても言い返せるから」

「……それもそうだな。直、やっぱりクリスマスまで待ちなさい」

直は小さく、舌打ちをした。

直の通う小学校では、毎年秋に行う運動会の入場行進の際に、バトン部員によるパレードがある。

スパンコールを散りばめた華やかな衣裳と髪飾りをつけた女の子たちが、バトンの技術を披露しながら校庭を一周し、二周目からは六組に分かれた彼女たちによって、全校生徒が学年ごとに引率されて入場行進する。その後彼女たちのダイナミックな団体演技に移り、父兄をはじめ、場内が大いに盛り上がったところで開会式が始まるのである。

バトンパレードといっても、いわば基本技術を繰り返すだけの単純なものである。バトンを回転させたまま宙に投げてみたり、右肩から左肩へ、背中を伝って回転させながら移動させてみたりとかいう高度な技術からは程遠い。団体演技にしてもそれに簡単なダンスを加えただけで、特に難しいものではない。

それでも衣裳の派手さと、事前にブラスバンド部に演奏して吹き込んでもらったテープをスピーカーを通して流すことで、それなりに華やかになり、生徒たちの目にはかっこよく映った。直も一年の運動会のときに初めてそのパレードを見て以来、すっかりその迫力と華麗さに魅せられてしまった一人で、四年に上がりクラブ活動の時間が割り当てられると、そのとき同じクラスだった幼なじみの舞とともに、迷わずバトン部に入った。

その運動会を三日後に控え、今日の一時間目は、バトン演技を含めた全校生徒の入場行進の練習に割り当てられているのである。しかも今日はバトン部の衣装合わせも兼ねているため、かっこいいところを見せたい直たちバトン部員は、皆大張り切りで今朝の早朝練習をかってでた。

普段はろくに練習しないくせにと、顧問の美奈子先生は呆れていたっけ。

三

芹川《せりかわ》舞とは家が隣同士なので、待ち合わせはいつも家の前である。玄関を出るだけで会えるので、とても便利だ。

向かいの家の塀にランドセルごともたれて舞を待ちながら、見上げると、今朝は雲一つない秋晴れの空が、町全体に青々と広がっている。

「うっわあ。今日の空きれー」

直が思わず声に出して感嘆しているところへ、ガチャリとドアが開く音がした。

赤いギンガムチェックのワンピース、ベージュのカーディガンという、秋らしいいでたちの舞が出てくる。舞は流行りに関係なく、いつもどこかお嬢様風だ。

「おはよう、直」

「おはよー」

塀からランドセルを離し、舞が横に並ぶのを待って歩き出す。

「おばさん頭痛いの治った?」

「まだちょっと痛いみたい。昨日肩もみ三十分やってあげたんだけど」

舞のお母さんは高血圧で、しょっちゅう肩凝りや頭痛に悩まされている。

「おばさんは頭痛くてもいつも朗らかで偉いって。お母さんが言ってた。うちのお母さん、頭痛いと八つ当たりするから」

「そうなんだ。でももしかしたら、舞に八つ当たりしたくても我慢してるのかも。血圧高いから、怒ると危険なの。頭に血がのぼるといきなりブチッと血管が切れて、死んじゃうかもしれないんだって」

「うっそ」

「ほんと。それで舞、昔からよく脅されてるんだもん。ママに死なれたくなかったら怒らせるようなことしちゃだめよって」

「ひぇーそうなんだぁ」

　直は恐くなった。が、舞が急に顔をにやつかせて、

「昨日、石高《いしたか》くんがね」

と話題を変えてきたので、その話は冗談とも本気ともつかない状態のまま、呆気なく終了してしまった。

　直は多少気にはなったが、舞が悪いことをしないよう、おばさんが大袈裟に言ったんだろう程度に解釈し、深くつっこむのはやめた。

「舞が分数苦手だって言ったら、丁寧に教えてくれたの」

　舞はそう言うと、そのときのことを思い出したのか、少し頬を赤らめた。

　同じクラスの石高光輝《こうき》君に、片想い中なのである。

ハンサムで頭が良く真面目な石高君は、毎年必ず学級委員に選ばれる優等生だ。直も二年と三年のとき同じクラスだったからよく知っている。

なんでも本当は小中高一貫の私立の小学校に通いたかったらしいのだが、受験当日に風邪をひき、実力を出せなかったので仕方なくうちの学校に通っているのだと、二年のとき本人が言っているのを聞いたことがある。

小憎たらしかったので、よく覚えている。

「そんなにいいかな。石高君て」

「うん！　頭いいしー、かっこいいしー、将来はね、人の役に立つ、偉い人になりたいんだって！」

「ふうん」

「あ。そうそう。昨日ハチがねぇ」

舞が思い出したように言った。

「え、何々。智哉がどうしたの」

直は目を輝かせて舞を見た。人の話はいい加減に聞くくせに、自分の好きな人の話になると急に乗り気になるのが直である。

ハチとは八嶋智哉のことで、八嶋の八をとってみんなはハチと呼んでいた。

直が智哉と名前で呼ぶのは、ささやかな意思表示のつもりである。みんなと同じ呼び方なんて、したくない。

六年で舞と同じクラスになった智哉は、舞に直のことをときどき聞いてきたり、舞の教室に遊びにきた直に、ちょっかいをかけてきたりする。どう考えても両思いだと思うのだが、たまに他の女子にも似たようなことをしているので、直はいまいち確信が持てない。

クラスが別れてしまった今、舞からの情報だけが頼りなのだ。

「直が団体演技で、ど真ん中の主役ポジションに選ばれたこと言ったらね……」

「さっすが舞ちゃん。気が利くね。そしたら智哉、なんて?」

直はウキウキして、舞の次の言葉を待った。

（へぇ、すげえじゃん）

とか、

（あいつが一番うまいもんな）

とか、きっとそんな褒め言葉が返ってきたに違いない。

「野々村のことだから、きっとまた他の奴らを脅してムリヤリなったんじゃねえの、て言ってた」

「はあ!?」

直は一気に力が抜けた。

きっとまた、というのは、いったい何のことを指しているのだろう。もちろん直は、これまで誰かを脅したことなど一度もない。

要するに、子ども特有の意味不明の会話だ。照れ隠しに相手をけなしたり、必要ないのに怒らせるようなことをわざと言ったりする。

お母さんが、前にこんなことを言っていたっけ。

「直の直は、素直の直なのよ。素直になるってことは、余分な気持ちを、全部取り去ることなのよ」

そういうことは、智哉に言ってあげてほしい。好きなら好きと態度に示すなり言ってくれるなりすればいいのに、恥ずかしいだとかかっこ悪いだとか、智哉はきっと、そういう余分なものに邪魔されてるから素直になれないのだ！

「あ、ハチだ！」

校門の前まで来たとき、舞がいきなりそう言って立ち止まった。

残念ながら、直はそんなウソにはひっかからない。平然と校門を抜け、先にすたすたと歩いて行く。

「あれ？　ドキッとしなかった？」

舞が小走りで追いかけてくる。

「こんな時間にいるわけないじゃん。石高君ならそこにいるけど」

直がお返しにそう言った瞬間、隣にいる舞の体が、微かにピクッと動くのがわかった。

「え。ウソ。どこに？」

立ち止まり、きょろきょろと辺りを見回す舞を見て、直は初めて、舞の本気がわかった気がした。

小柄で童顔の舞は、同性の直から見ても本当にかわいらしい。

肉づきの薄い小さな丸顔の中に、ほんの少したれた目と、小さめの鼻と、薄い唇が並んだ舞の顔は、どこか人を和ませるものがあった。

笑うと横に長くのびる唇と、少したれ気味の目がウーパールーパーに似ていることから、直はたまに舞を、

「ウーパーちゃん」

と呼んでからかうが、それが舞の魅力であることもよく知っていた。

細くて柔らかな癖毛の髪は、緩やかにうねって肩の辺りでくるんと丸まっている。それが舞のおっとりとしたウーパー顔によく似合い、全体に、舞特有の柔らかなイメージを醸し出すのに一役買っている。

甘いものと、お人形とお花が好きで、将来の夢は、お花屋さんの店員になることだと言っている。そしてなぜか、直はそこの店長になるものと、勝手に決めてしまっている。

直の一番の友だちである。

「私ってやっぱり本番に強いタイプかも。注目されてると思うと断然燃えたね」

「いいなぁ直は。舞なんて緊張しまくりだよ。実はちょっと失敗しちゃった」

「大丈夫大丈夫。みんな私の方見てたから」

バトン部の部室にもなっている音楽室で衣装をたたみながら、直はすっかり有頂天だ。

「教室で騒がれたら、やだなあ」

直の期待通り、教室に戻ってきた直たちバトン部員は、ちょっとした人気者だった。

直と岸本暁子《きしもとあきこ》、澤田園子《さわだそのこ》の三人のバトン部員は、一組の教室に戻るなりクラスメートの女子たちに囲まれ、

「直、超かっこよかったよー」

だの、

「アッコ上手だったぁ」

だの、

「園ぴょん、ちょっと緊張してたっしょ」

だのとそれぞれ一通りのコメントを受け、チャイムが鳴る頃ようやく席につけた。

今年は六年生の直たちが中心になって演技をするため、クラスメートの反響も過去最高

だ。目立ちたがり屋で人に褒められるのが大好きな直は、二時間目の授業時間になってもまだ興奮が冷めずに、一人でにやにやしている。

バトンを回すたびに左右に揺れるポニーテールは、どんなにかわいくみんなの目に映ったことだろう……。

「なんだ野々村。にやにやして。なんかいいことでもあったかあ？」

教室に入ってきた担任の須藤先生が、つられて笑いながら直に尋ねた。須藤良一先生。二十九歳、独身の気さくな先生で、冗談が通じるから生徒受けがいい。

直は自分の緩んだ頬を両手でピシャッと叩くと、真面目な顔を作って言った。

「なんでもないです。それより先生、私のバトン、かっこよかった？」

言いながら、また、にやついてしまう。

「先生、こいつバトンがうまくいって浮かれてるだけだから、ほっといていいですよ」

余計なことを。隣の席の、二宮悟《にのみやさとる》だ。

直が言い返そうとすると、

「さぁ、勉強勉強」

と、悟は不自然なくらい背筋をピーンとのばして、国語の教科書をパラパラとめくりはじめた。

「さぁ先生！　やりましょう」

「二宮、今は算数の時間なんだが」

須藤先生の言葉に、あちこちから笑いが起こった。が、ほとんどは白けている。

「あっれえ。そうだっけえ」

悟はまだすっとぼけている。何にでも笑う園子が、くすくす笑って悟を見ている。暁子はバカにした顔で悟を見ている。

「あんた、それくだらな過ぎ。つまんないっつーの！」

先生に褒められ損ねた直は、すっかり不機嫌である。

「なんだよウケたじゃんよ」

「バカにされて笑われてるだけなのが、わかんないの」

「だまれ、この全身ニセブルーエンジェル女！」

「ひっどい。先生！　こいつ怒ってよ」

みんな笑っている。直と悟のこんなやりとりは、毎度のことである。いつもはそこに恭子が参入してくるのだが、今日はどうも休みらしい。

「どっちもどっちだ。じゃ、あの二人はほっといて、授業始めますか」

須藤先生が教科書を開きはじめる。

「あ、先生待って」

「なんだ野々村。君たちのバトンなら、上手だったぞ」

「やっぱり？　あ、いや、そーじゃなくて。恭子今日どうしたの？」

直は自分の前の空席を指差して聞いた。

「あぁごめん言い忘れてた。御園生《みそのう》は今朝お母さんから電話があって、腹痛のため様子みてから来させますとのことだ。野々村、後でノート見せてやれよ？　今日から新しいとこ入るから」

「じゃあ、後で来るんだ」

「たぶんな。一応、あまり無理させないようにと言っておいたから、もしかしたら休みになるかもしれないが」

「えーっ、余計なこと言わないでよねー」

直はそう言って、つまらなそうに唇をとがらせた。

二時間目の授業が終わり、舞の教室に行くと、ちょうど舞が廊下に出て来るところだった。

「あれ、舞。どこ行くの、トイレ？」

「ううん。直のとこ行こうと思ってた」

「やった。そうしそうあいだ」

二人は笑って、通行の邪魔にならないよう廊下の壁際に寄った。クラスが違っても、直たちはよくこうして、どちらかの教室の前で立ち話をする。

壁に寄りかかると、前方の開けっぱなしのドアの向こうに、教壇の上に座りながら友だちと話す智哉の姿が見えた。

男の子たちはそれぞれ教壇の前の机を占拠してその上に乱暴に腰かけ、智哉の話すのを可笑しそうに聞いている。中にはお腹を抱えて大笑いしている者もある。数人の女子の立ち見までいて、そのかわいらしく、媚びたような笑い声が、廊下の直にまでうるさく聞こえてくる。

何だか不愉快だ。

「智哉何やってんの?」

「藤原先生のモノマネ。今うちのクラスで流行ってるの。直も聞きに行く?」

「いい。聞かない」

「素直じゃないなあ」

「どうせ似てないよ」

「結構似てるよ」

「でもつまんなそう」

「ハチはあの子たちより、直と話すときの方が楽しそうだよ」

「え?」

まるで気持ちを見透かしたようなその言葉に、直は驚いて舞の顔を見た。

舞は、にいっと唇を横にのばして笑っている。

なんて嬉しいことを言ってくれるのだろう。

持つべきものは友だちだと、そのウーパー顔を見つめながら直は思った。

「ありがと。舞」

「いいえー」

と、舞はニコニコしている。

「いつか舞と石高君と、私と智哉でダブルデートできるといいな」

「いいね！　舞、遊園地行きたい」

そこに、参考書片手にいまいましそうに智哉たちを睨みながら、石高君が教室から出てきた。石高君はドアを閉めると、それでももれてくる笑い声に迷惑そうに顔をしかめながら、人気《ひとけ》のない方へと歩いて行った。直が聞いたこともない数式のようなものをぶつぶつと呟いている。よく見ると、持っているのは中学の参考書だ。算数じゃなく数学と書かれている。

「遊園地、無理かもね」

冷静に舞が言い、

「そうみたいね」

と直も頷く。舞が言った。

「偉い人になるんだから、しょうがないよね」

素直というのは、舞みたいな性格のことを言うのかもしれない。

こんないい子の存在に気がつかないなんて、石高君はバカだと、直は思った。

四

結局、御園生恭子は五時間目の社会の授業が始まる少し前に来て、たった一時間机に向かっただけですぐ下校という、勉強嫌いな生徒にとってはとても羨ましい大遅刻をした。

下校の挨拶が終わると、恭子はすぐに後ろの席の直を振り返り、いつもとまったく変わらない調子でこう言った。

「ねえ、今日イイジマ行かない？」

「オッケー」

今日一日、恭子がいなくてなんとなく物足りなかった直が喜んで同意すると、悟が横から口を挟んだ。

「おまえ、今日腹が痛いんじゃなかったのかよ」

「バカだねー、治ったから来たんじゃない」

恭子は強気で言い返す。

「ウソつけ、仮病だろ」

「まぁまぁ、給食の前に来なかっただけ、まだましじゃん」

直がかばっているのか責めているのか、よくわからない助け舟を出すと、もとより怒っていたわけではない悟は、その言葉ににやりとして帰っていった。

「何今の。あんまフォローになってなかった気がするけど」

「そう?」

直は笑いながらランドセルを背負うと、

「おさきー」

と言って教室を駆け出して行く。

「ちょっ‼　待ってよ直！」

恭子が慌てて追いかけてくる。

「廊下を走ったら、危ないですよ」

と言う藤原先生のひどく義務的な声が、すれ違うとき微かに聞こえたが、直は聞こえないふりをした。


藤原先生は六年四組を受け持っている。

舞や智哉たちの担任だ。

定年間近の男の先生で、痩せていて、白髪まじりの髪を短く刈り上げている。

真面目で、冗談などは決して言わず、型通りのつまらない授業をすることで有名である。

無気力で、必要以上に生徒と仲よくしようとはせず、授業中生徒が寝ていようが手紙をまわしていようが、お構いなしに授業を進める。

智哉に言わせれば理想的な先生らしいのだが、舞はとても不満そうだ。

「授業中退屈で死にそう」

と、しょっちゅう直にこぼしている。

直もあまり好きではなかった。

イイジマとは、学校の裏門を出て少し行ったところにある、小さな駄菓子屋のことである。

古ぼけた赤いテント地の廂《ひさし》に、白字でイイジマと、カタカナで書いてある。

学校帰りに寄り道をするのは本当は禁止されているのだが、直を含めた一部の六年生は、ときどきここに来てはランドセルを下ろし、三十円とか五十円とかの駄菓子を買ってたむろしている。

店のおばさんとも顔なじみで、直たちが行くと、店の奥から一ダースのジュース瓶が入っていた空のプラスチックケースを持って来てくれ、それを裏返しにして、店の向かいのブロック塀の前に並べてくれる。

塀の中はお寺になっていて、その前で駄菓子片手におしゃべりをしていても別に文句を言ってくる人はいないし、狭い路地なので車は滅多に通らない。小学生のたまり場としては、絶好の場所である。

「いらっしゃい」

イイジマのおばさんは、直たちを見るとすぐ奥へ引っこんで、椅子を持って来てくれた。

「ありがと、おばちゃん」

「いいえ、どういたしまして」

おばさんはいつものように快活に言って、店の向かいの塀の前に、ジュースケースの椅子を二つ並べて置いてくれた。直たちはその脇にランドセルを下ろすと、早速店に入って駄菓子を物色しはじめる。

「今日は何にしよっかなー」

恭子は言い、結局いつもの桜大根を買って外に出た。ピンク色に着色された、酢漬けの大根の薄い輪切りが一枚ずつビニール包装されたもので、一個百円。恭子はこれが大好きで、迷っても結局いつもこの桜大根になる。

直はたいていアイスキャンディーで、中でも水色の、ソーダ味のがお気に入りだ。

「おばちゃんこれね。はい五十…痛っ」

いきなりポニーテールを引っぱられ、振り向くと智哉が立っていた。

「おまえたまには違うのにしろよ。これうまいぜ」

「どれ」

引っぱられたポニーテールの結び目部分がずれていないかを左手で確かめながら、直は智哉の差し出したカップラーメンを見つめた。

シーフード味。

八十円。

別に悪くない。

「じゃあ、それにするよ」

直はそう言ってアイスキャンディーを冷凍庫に戻すと、智哉からカップラーメンを受け取った。智哉は拍子抜けした顔をしている。

「今日なんか素直だな。気持ち悪う。熱でもあんの」

「え？　別にい」

智哉の手が直のおでこにのび、触れた。

直は顔が火照るのを感じ、慌ててその手を払いのけた。

「うるさいなあ。じゃあおばちゃん、これ追加の三十円。お湯入れといてね」

ポケットから三十円を出しておばさんに渡し、逃げるように店を出ると、椅子に座って桜大根にかじりつきながら、恭子がにやにやしてこちらを見ている。

「今、八嶋君入ってったね」

「うん。いた」

恭子の隣に、すとんと腰をおろす。

なんだかぽーっとしてしまう。

「直、顔赤いよ」

「知ってる」

「何も買わないで出て来たの?」

「三分後におばちゃんがカップラーメン持って来てくれる」

「へぇ、珍しいじゃん。カップラーメンて、八嶋君がよく食べてるやつ?」

「うん。すすめられた」

恭子の質問に上《うわ》の空で答えながら、直はふと、さっき智哉に触れられたおでこに手をやった。

「ぶふっ。うふふふふふ」

「なっ何!?」

いきなり不気味に笑い出した直にびっくりした恭子は、一瞬ビクッと体をひいた。

「ごめんごめん、なんでもない。ふへへへへ」

「ちょーブキミだよ直」

「恭子お、今日いなくて寂しかったよん」

すっかり陽気になった直がそう言って恭子に寄りかかると、

「ごめん、寝てた」

と、恭子が言った。

「は?」

直は体を離し、信じられないといった顔で恭子を見た。

「お腹痛いんじゃなかったの」

「それウソ。うちの親また夜中にケンカ始めてさ。ときどきヒステリックな声とか聞こえてくるし、気になって眠れなかった。寝たの三時だよー？　ただでさえ私朝弱いのにさ。ちょー迷惑だよ」

「そっか。それは災難だったね」

「ほんと災難だよ。翌日学校行く子どもの身にもなってほしいね」

「お父さんは？　会社ちゃんと行けたの」

「起きたらいなかったから、行ったんじゃない。お母さんはフレックス制とかで午後出勤だから、私たちと一緒に十二時頃まで寝てたけどね」

「お父さん、かわいそう。今頃会社でうとうとしてるんじゃない？」

「たぶんね」

恭子はこういう話を、いつもあっけらかんとする。だから直も、深刻になりすぎないよう、あえて軽いノリで聞くようにしていた。

「今回原因はなんだったの」

「また夕食から。夕食っていってもお父さん帰るの遅いから十時頃なんだけど、疲れて帰ってきてるからはじめからイラついてるわけ。テーブルの上見るなり、冷凍食品なんか食えるかーっから始まって、文句あるんならあなたが作りなさいよ！　お前はそれでも女かあ！　私だって働いてるのよ！」

恭子のモノマネまじりの再現に、直はつい、吹き出してしまった。

「あはは。で、それからどうなったの」

「お姉ちゃんがうるさーい！　って怒鳴ったら、今度は部屋にこもってボソボソやり出したからよくわかんないけど、起きてお母さんから聞いた話だと、離婚ってことになったみたいよ」

「え……。そうなんだ」

店の前にはいつの間にか悟が自転車で来ていて、智哉と何やら話している。

二人は同じサッカー部で仲がいい。智哉が一人で来ていたらしいところを見ると、きっと悟と待ち合わせをしていたのだろう。

「で、恭子はお父さんとお母さん、どっちにつくの？　やっぱりお母さん？」

「うん。別にお母さんの方が好きだってわけじゃないんだけど、すぐ怒鳴ったり、わざと大きな物音たててあばれるお父さんよりかはね。まし」

「そっか……」

「うん。でもさ、お父さんをそこまで怒らせるお母さんの方も、悪いんじゃないかって、思いはじめてるんだよね」

「なんかすごい。恭子、大人っぽいこと言うね」

直は感心して恭子を見た。

「そうかな」

と恭子は照れている。

食べ終えてしまうのがもったいないとでもいうように、小さくなった桜大根をいつまでも嚙み切らずに、ちょびちょびと舐め続けている同じ口から発せられた言葉とは、とても思えない。

「いさぎわるいな。さっさと食っちゃえよ」

「うるさいな、人の勝手じゃん。うち共働きでお金あるわりに小遣い千円だからさー。月にこれ、十枚しか買えないんだよ!?　大事に食べないと」

「ぜいたくー。うちなんか月六百二十円だよ」

「何そのハンパな金額は」

「一日二十円の計算。三十日しかない月は六百円」

「うわー。直のお母さん、せこ過ぎ」

自分の親がせこいと言われていい気はしなかったが、自分のブルーエンジェルもどきの足もとを見ると、弁護してあげる気には到底なれなかった。

「確かにせこい」

と、直も同意する。

そこへ、イイジマのおばさんが食べ頃になったカップラーメンに割り箸をつっこんで持って来てくれた。

「はいよ。直ちゃんお待ちどう」

「ありがとう、おばちゃん」

直は両手でそれを受け取り、中を見る。

智哉がすすめてくれた、シーフードのカップラーメン。

「おいしそうじゃん」

恭子が横から中を覗く。

「うん。ちょっとあげようか」

「らっきい」

店の前では、智哉と悟がそれぞれ炭酸のオレンジとグレープを、グイグイ一気飲みしている。

「よく炭酸、一気に飲めるなー」

「うん。喉痛くなりそうだよね」

「なりそう。おいしいこれ」

直が食べていると、

「ちょうだい」

と、大口を開けて恭子が催促する。

「はい。こぼすなよ」

直は割り箸で麺をすくい、恭子の口に入れてあげながら、ときどき感じる智哉の視線に、全神経を集中させていた。

五

「ただいまあ」

イイジマから帰って玄関を見ると、赤い靴と茶色いパンプスが、こちらを向いてきれいに並べられていた。

「あ。来てるんだ」

直は思わず笑顔になる。

舞と、舞の母、圭子の靴である。

「いらっしゃーい」

と直がリビングに入ると、夏子と舞と圭子は三人同時に直を見て、

「お帰りなさい」

と笑顔で迎えてくれた。

テーブルの上にはおいしそうなクッキーが、大皿にこんもりとのせられている。直の好きなココアクッキーだ。

「圭さんが、また焼いてきてくれたの。手ぇ洗って早くおいで」

優雅にハーブティーのお代わりを自分のカップに注ぎながら、夏子が言った。カモミールの甘い香りが、微かに漂ってくる。

「はあい。おばさん、ありがとね」

直は言い、舞と目で笑い合うと、ランドセルを置きに、二階の自分の部屋へ上がった。こんなにほのぼのと迎えられてしまうと、なんだか寄り道をしてきた自分が、つまらなく思えてくる。直は決して、こういう空気は嫌いではなかった。仲間はずれにされたくなくて、急いで下におりる。

洗面所で手を洗ってテーブルにつくと、そこにはもう直のために、舞と同じアイスカモミールティーが用意されていた。

「いっただきまーす」

と早速直は、ココアクッキーを一つつまむ。

「おいし。焼きたてじゃん」

直はまだ温かいココアクッキーに感激し、向かい合って座っている舞と圭子を見た。

「直が帰ってくるちょっと前に、うちで焼き上がったのを持って来たばかりだから」

と舞がストローから口を離して説明する。

「ぎりぎりで焼きたてに間に合ったわねぇ、直ちゃん」

圭子はそう言って、にこにこして直の食べるのを見ている。

「うん。やったね。あ、そうだ。おばさん、杜仲茶飲んでる？」

直は圭子が飲んでいるカップの中を、身を乗り出して見ようとした。

「ええ。早速いただいてるわ」

圭子は言って、カップの中身を直の方に傾けて見せてくれながら、嬉しそうに笑っている。

「へえ。杜仲茶って茶色いんだ」

「直、お行儀悪いわよ。ちゃんと座んなさい」

「はあい」

直はテーブルの上に乗り出していた体を、素直に椅子に戻した。

「なあに。杜仲茶って」

舞がきょとんとして直を見ている。

「こないだスーパーで買ったの。杜仲茶に含まれている何とかって成分が、血圧を下げる効果があるんだって。TVでやってたの。ね？　お母さん」

「そう。それと、動脈硬化も防ぐのよ。血液が流れやすくなるの」

「へえ。よかったね、ママ。いっぱい飲みな」

「昨日もおとといもいただいてるのよ。気のせいか、肩が少し軽くなった気がするわ」

圭子はそう言って、両肩を回してみせる。すかさず舞が言った。

「じゃあ舞、もう肩もみしなくていい？」

「それとこれとは話は別です」

「えー」

「偉いのね、舞ちゃん。肩もみしてあげてるの？」

夏子がちらっと直を見ながら言う。

「お母さんも肩凝るの？」

「そりゃあ凝るわよ」

直はそれには答えずに、二つ目のクッキーをつまんだ。

「ほんとおいしい。このクッキー」

「ごまかさないの」

「プロになれるよ、おばさん。表面はサクッとしてるのに、中はすごーくしっとりしてて、甘さも控えめで、天才だね」

「ありがとう直ちゃん。そんな嬉しいこと言われると、また作ってあげたくなっちゃうわ」

「やったぁ」

「TVの見過ぎよ。まったく、コメントばっかり達者になって」

「楽しいわね、直ちゃんは」

「今日は舞も、ちょっと手伝ったんだよ」

そう言って、舞はクッキーの山の中から、何やら探しはじめた。

「何。みんな同じじゃないの」

「あった！」

舞は山の中から一つだけつかみ出すと、それを直の手のひらにのせた。クッキーは全部丸型だし、どれもみんな同じだろうと思いながら渡されたクッキーを見てみると、そのクッキーには目と口がついている。爪楊枝か何かで刺し抜いたらしい目と、うっすらと表面だけに描かれた、舞みたいに横に長くのびて笑っている口。

「これウーパーちゃん？」

「またそういうこと言ってぇ」

舞がかわいく直を睨む。

「かわいいじゃない」

夏子が覗き込んで言う。

「顔つきは全部で四つしかないから、探して食べてね、おばさん」

舞はなんだか嬉しそうだ。

「手伝ったって言っても、顔描いて遊んでただけなのよ」

圭子はそう言って、杜仲茶をすすった。

「顔全部同じ?」

直が興味を持つと、舞は得意げに、

「違うよ」

と言った。

「よし、直より先に、あと三つ見つけちゃお」

ノリのいい夏子がそう言って、クッキーの山をわざと行儀悪くあさり出すと、舞は大喜びし、声をたててキャラキャラと笑った。

第二部　不安

一

耳から上半分の髪を一つにまとめ、まるめてピンで留め、おだんごを作る。余った下の髪は、二つに分けて三つ編みにする。

ブルージーンズに白いカットソー。その上にショッキングピンクのパーカーをはおる。

鏡の中の自分を見る。

「よし！　今日もかわいい」

身支度をすませリビングへ下りると、ちょうど朝食がテーブルに並び終わるところだった。

今朝は納豆と焼鮭となめこのお味噌汁である。

「おはよう、直。お父さん起こしてきてくれる？」

「はーい」

両親の寝室はリビングに隣接している。

直はドアを押し開けるなり健児の布団をはぎ取り、思い切り大きな声で、

「コッケコッコー」

と叫んだ。

健児は目を閉じたままものすごく迷惑そうな顔をして、

「おいお前、頼むからもうちょっと優しく起こしてくれ。心臓に悪い」

と言い、つらそうに上半身を起こす。

「世話が焼けるね」

直が大人ぶって言うと、健児は目を閉じたまま可笑しそうな顔をする。あくまで目は開けないつもりらしい。

「しょうがないなあ」

しょうがないので、健児の手を引っ張って立ち上がらせ、そのままリビングに引っ張っていく。

「お母さーん、お父さん目ぇ開かないよー」

直が言うと、夏子が笑って言った。

「開いてるじゃない」

「え？」

振り返って健児の顔を見ると、今度はわざと大きく目を見開いている。

「うわっ。恐いよお父さん」

「そうか？」

健児はやっと普通の顔になり、顔を洗いに洗面所へ入っていった。

ほんと、世話の焼けるお父さんだ。

野々村家の納豆は、栄養満点である。

毎回人数分の納豆パックと、それについているたれとからしの他に、卵、かつお節、オクラ、胡麻、ねぎを混ぜ合わせ、最後に醤油を少し加えて味を整える。

夏子の実家の喜多川家の食べ方で、はじめは邪道だと言っていやがっていた健児も、今ではすっかりこの食べ方に馴染んでしまっている。

「これに桜海老なんかも入れてみたらどうかな」

どんぶりにたっぷり入った納豆を、スプーンでご飯の上にのせながら、健児が提案した。

「えー、やだあ。ねぇお母さん」

「そうねぇ。それこそ邪道よね」

「ほらぁ。何でも混ぜればいいってもんじゃないんだから」

「そうか？　いいと思ったんだけどなぁ」

健児は納得いかなそうな顔をしている。

「お父さん、今日も遅番？」

「うん。遅番だよ」

「ぎりぎりまで寝てればいいのに。なんでいつも起きたがるの」

遅番の日は昼頃家を出ればいいのだから、朝はゆっくり寝ていればいいと直は思うのだが、健児は毎朝朝食前には起こしてくれと、夏子に頼んでいる。

「いやぁ、どうせお前の声がうるさくて起こされるんだから、いっそのこと起きて朝メシ食っちまった方がいいと思ってさ」

「ウソごめーん。私いつもそんなにうるさい？　自分では気をつけてるつもりなんだけど」

「よく言うよ。昨日は二階からバカでかい声で叫びやがって」

健児は笑っている。もちろん冗談で言っているのである。

「だって昨日は緊急事態だったんだもん。ねぇお母さん」

「そうよ。うちの子爆発してたんだから」

「えー、そんなひどかった？」

「ははは。いや、ほんとはさ、お父さん今日みたいに遅番の日は、夕食直たちと一緒に食べられないだろ？　一日に一回は直とこうして、コミュニケーションをとっておかないと不安でさ」

「何が不安なの」

鮭とご飯を口に含んだまま直が聞いた。ご飯粒が飛んだかもしれなかった。

「直が近頃どんどんお母さん子になっていくから、お父さん焦ってるんだよ。女の子は年頃になると、父親がうっとうしくなるって言うからな」

「えーそうかな。今んとこオーケーだよ？　お父さん小ぎれいにしてるし」

百貨店で接客をしている健児は、いつもおしゃれなスーツ姿で出勤していく。ワイシャツは白ではなく、色つきで、ネクタイの流行にも、仕事柄詳しい。休みの日にだらしない格好もしない。メンズ洋品のフロアで働いているだけのことはある。

そんな健児は直の自慢だし、直が健児をうっとうしく思ったことなんて、ほんの数えるくらいしかない。

「しかしお母さんには話してお父さんには話してないことが結構あるじゃないか」

たとえばうっとうしく思うのはこんなときくらいだ。

「べつに隠してるわけじゃないもん。話の内容、全部お母さんに聞いてもいいよ」

「いや、毎晩聞いてるけどさ」

「なんだ聞いてんじゃん」

お父さんもちゃっかりしてる。

「お前から直接聞きたいんだよ」

「わがままだなぁ」

直は生意気な口をききながらも、こんな言い合いをさせてくれるお父さんを、内心とてもありがたく感じていた。

恭子の家では夫婦だけでなく、娘と父の心まで、離れてしまっている。

「そう冷たくするなよ。なぁ夏子」

「ふふふ。直は私にべったりだから」

夏子はすっかり勝ち誇ったように笑っている。実際、直はお母さん子だ。

直は鮭の骨を口から出しながら言った。

「だってさぁ、学校から帰ってお母さんに話したことを、なんでまたお父さんにも話さなきゃいけないわけ。二度手間じゃん」

「……そりゃそうだな」

健児はあっさり認めた。

「でしょ？　子どもにあんま気ぃ遣わせないでよ」

「わかったよ。今まで通りお母さんに聞いとくよ」

「そうしてくれると助かる」

「ははは。生意気な奴」

「あーっ、今、口から納豆落ちたぁ。汚いお父さん」

「お前だって、さっきこれ飛ばしたじゃないか」

「え。このご飯粒私が飛ばしたの」

直は健児の鮭の上にのっかっているご飯粒を、おそるおそる指さした。

「うん。さっき直の口から飛んできた」

「ウソォ」

直が申し訳なさそうに健児の鮭を凝視していると、横から夏子が、

「ほんとよ。私も見てた」

と言って箸をのばし、そのご飯粒を器用につまんで、パクリと食べてくれた。

「お母さんっ」

直は感動して、箸を持ったまま隣の夏子に抱きついた。

「お行儀悪いでしょ」

夏子が笑いを含んだ声で言う。

「直、お父さんだって食べるつもりだったぞ」

「ウソだあ。汚そうに見てた」

「いやほんとだって」

「どっちでもいいから、早く食べちゃいなさい」

夏子が楽しそうに言った。


「芹川！」

始業のチャイムが鳴るまでの間、直の教室の前で二人で話していると、突然舞を呼ぶ声が聞こえた。見ると藤原先生が、直たちの方へ小走りで駆けて来る。

普段生徒に廊下を走るなと指導している藤原先生が駆けて来るのだから、何かよほどのことがあったに違いない。

　一階の職員室から階段を駆け上がってきたとみえ、直たちの前まで来ると、先生は舞の目線に合わせて屈みながら、両手を膝につき、はあはあと全身で息をしている。

「先生どうしたんですか？」

　なんだかいやな予感に襲われ、直は尋ねた。

　藤原先生は直の質問には直接答えずに、同じくいやな予感に怯えている舞の目をまっすぐに見て、早口で言った。

「芹川、たった今お父さんから電話があった。お母さんが倒れたそうだ。これからすぐ救急車で小川病院に向かうそうだから、君もすぐ支度をしなさい。先生の車で連れて行くから」

　舞の顔が、見た目にも青ざめていくのがわかった。

　舞の震える指先が、直の右腕のショッキングピンクのパーカーの袖を、ぎゅっとつかむ。

「直……行ってくるね」

　ほとんど茫然自失の体《てい》で、舞が言った。そしてすぐに身を翻し、自分の教室へと走って行くのを、直はただ呆然と見送る。

そこへ、須藤先生がやってきた。

「藤原先生、四組にはこの小テストをやらせておきますので」

と言って、漢字の読み書きテストらしいものを、藤原先生に見せている。

「わかりました。よろしくお願いします」

「はい、承知しました。野々村、もうすぐチャイム鳴るぞ。教室入りなさい。……野々村？」

「……舞のおばさん、大丈夫かな」

顔がこわ張っているのが、自分でもわかった。

昨日の朝、舞が何げなく言っていた、血管がブチッと切れて死んでしまうかもしれないという言葉が、直の頭の中でグルグルとかけ回り、不安と恐怖で、胸が締めつけられそうだ。

「先生、私も藤原先生の車で一緒に行く」

「お前はだめだ。大丈夫だから、教室に入りなさい」

「なんで大丈夫だってわかるの⁉」

直は思わず声を荒げて言った。

圭子が高血圧だということを、須藤先生は知らないのだ。知らないで、無責任な気休めを言う須藤先生に、直は苛立ちを感じた。

「いや……それは……」

口ごもった須藤先生を助けるように、藤原先生が言った。

「野々村、芹川を送って戻って来たら、必ず君に詳しい様子を報告しに来るから、それまで学校で待っていてくれないか」

「……はい」

藤原先生の言葉に、直は渋々頷いてみせたが、本当は不安で心配で、今すぐにでも病院に駆けつけたい気分だ。チャイムが鳴り響き、直は納得がいかないまま、須藤先生に押されるようにして、教室に入った。

須藤先生は教壇に立つなり、藤原先生に急用が出来たため、四組の自習を任されている旨を生徒たちに説明し、先ほどの小テストを配りに少しの間教室を出て行った。

とたんに教室の中は、ガヤガヤと騒がしくなる。

「あ。ワリィつくね。当たっちゃった?」

少年野球チームに入っていて、将来プロ野球選手になるつもりでいる坊主頭の小松一平《こまついっぺい》が、つくね屋の娘、宇田川茜《うたがわあかね》に、消しゴムを投げつけてへらへら笑っている。

「痛いなあ。つくねって呼ぶなって言ってるでしょー」

茜はそう言って、自分に当たって転がった消しゴムを拾うと、一平にぶつけ返した。

一平は、

「いってぇな、バーカッ」

と言いながらも、楽しそうである。

「茜のこと好きなんじゃないの」

全身ブルーエンジェルの井上美沙《いのうえみさ》が、誰が見ても明らかなことを、わざわざ指摘する。

「好、好きじゃねえよ、つくねなんかっ」

一平は、すぐに顔を真っ赤にして否定する。

茜は茜で、卓球少年の谷中駿平《たになかしゅんぺい》の視線を意識しながら、

「一平に好かれても嬉しくないよー」

と、あえて残酷なことを言う。

駿平は窓ぎわの茜ではなく、窓の外をぼんやりと見ている。

「うっうるせえ。お前なんかこっちからお断りだよ。ブース。バーカ。ツクネ」

「だから、つくねって呼ぶなって言ってるじゃん！」

こんなやりとりを聞いていると、廊下での話がウソみたいに思えてくる。

悟が紙ヒコーキを飛ばしてきて、直の頬にチクッと当たった。

「気持ちワリィな。お前が静かだと」

直の左頬に当たった紙ヒコーキは、ひらりと墜落し、うまい具合いに悟の足もとへと舞い戻る。

「どうかした？　直」

机に突っ伏して寝ていた恭子が、振り向いて言った。

「ちょっとね。悟のバカ。目に入ったらどうすんのよ」

直はチクチクする頬をさすりながら言って、悟の足もとの紙ヒコーキをぐしゃりと踏みつぶした。

「あ！　てめえ！　オレの最高傑作を……」

「やっぱり、行こうかな」

直は悟を無視して、さっきからずっと頭の中にあった言葉を、口に出した。

「行くって、どこに？」

恭子が不思議そうに、直を見る。

「恭子、須藤先生に、私がごめんなさいって言ってたって伝えといてくれる？」

「おい、帰る気かよ」

直に踏みつぶされた紙ヒコーキを、机の上で一生懸命に再生させていた悟が、顔をあげて直を見た。びっくりした顔をしている。

「あとよろしく！」

そう言うと、直は机の横にかけてあるランドセルを開け、急いで机の中の教科書とノートを移しはじめた。

恭子は、わけがわからないながらも、

「わかった。伝えとく」

と、協力的だ。

「悪いね」

直は言い、ランドセルを背負うと、そのまま教室を飛び出して行った。

二

「お嬢ちゃん、着いたけど、どの病棟かわかる?」

「わかんない。たぶん脳の血管が切れたんだと思うんだけど」

「ああ、じゃあ、脳外科の入院病棟かな」

親切な初老の運転手さんは、ちゃんとその病棟前まで車を進めてくれる。

「おじさんありがとう。ちょっと待っててね」

そう言って直がタクシーを降りると、ちょうど病棟の自動ドアが開き、中から健児と藤原先生が出てきた。

「直！　お前、学校は？」

健児が驚いた顔で直を見ている。

「大丈夫。ちゃんと先生には言ってきたから」

直は適当にウソをつくと、困惑顔で直を見ている藤原先生に、両目をパチンと瞑ってみせた。

直としては、

（ごめんなさい。やっぱり来ちゃいました）

の意である。

「お父さん、お金払ってほしいの」

直は今降りたばかりのタクシーを指差して言った。

本当はタクシーを待たせて、病室にいるだろう夏子にお金をもらいに行くつもりだったから、ここで健児に会えたのは、直としてはラッキーである。

「わかった。お父さん払っておくから行ってきなさい。病室は七階の十二号室だ。入ってすぐに受付があるから、そこで患者名と自分の名前と連絡先を記入して、面会バッジをもらってからエレベーターに乗るんだぞ」

健児は今まで入院患者を見舞ったことのない直に、そう丁寧に教えた。

「うんわかった」

直は藤原先生に会釈をし、タクシーのおじさんに手を振ると、圭子のいる入院病棟へと入っていった。


七階に上がると、乗ってきたエレベーターの目の前にナースステーションがあった。

直はそこにいた看護師さんに圭子の病室の場所を聞き、早歩きでそこへ急いだ。

「あ、お母さん！」

病室の前のソファーに座っている夏子を見つけ、直は思わず駆けていく。

夏子はシーッと人差し指を口に当てながら、お尻を奥にちょっとずらした。

直は夏子の空けてくれたスペースにぺたんと座ると、早速気になっていた病状を聞いた。

「おばさん、やっぱり脳の血管切れちゃったの？」

「どうもそうみたいね。今ちょうど検査から戻ってきたところで、詳しいことはまだわからないんだけど……」

夏子はそう言って、芹川圭子と名札の入った目の前の個室を、不安そうに見つめている。

「入らないの？」

「今はまだ意識が戻ったばかりだから」

そのときそろりと引き戸が開いて、舞の父、忠彦《ただひこ》が出てきた。

「あ、おじさん」

直がソファーから立ち上がると、忠彦は後ろ手で静かに戸を閉めながら、

「直ちゃんも来てくれたんだ。ありがとう」

と、元気のない笑みを直に向けた。

「いかがですか？」

夏子も立ち上がり、遠慮がちに忠彦に聞く。

「まだ話すのは少し億劫なようなんですが、よかったら二人とも顔見せてやってくれませんか。圭子が会いたがってます。ただ先生が言うには、何がきっかけになって再出血するかわからないので、なるべく大きな物音はたてないようにとのことです。視界からの刺激

もいけないので、部屋の中も少し暗くしてあります」

「わかりました」

夏子は緊張気味に、頷いた。

忠彦のスーツ姿が、出勤前に突然襲った悲劇を物語っていて、直は初めて現実的に、高血圧の恐さを感じた。昨日一緒にお茶を飲んで笑っていた圭子が、今はこのドアの向こうで、病気と闘っているのだ。

「どうぞ」

忠彦はそう言って、直たちのために横引きの戸を、またそろりと、静かに開けてくれた。

病室はカーテンが閉められていて、薄暗かった。

圭子は奥の窓側に頭を向ける形で、ベッドに寝かされていた。

左腕に点滴が打たれ、右手側には舞が座っている。

舞は両手を布団の中に突っこんだまま、首だけを向けて直を見た。

「直、来てくれたんだ」

おそらく布団の中で、圭子の手を握りしめているのだろう。

「うん。学校抜けて来ちゃった」

直たちがベッドに近づくと、圭子は虚ろな目を向け、微かに口もとをほころばせてみせた。

圭子のこんなに弱々しい微笑を見たのは、初めてだった。

直は圭子より、舞の方が心配になった。

「大丈夫だからね。舞がついてるからね」

直の心配をよそに、舞は気丈に笑顔を見せ、優しくいたわっている。

「そうね。思ったより、顔色が良くてほっとしたわ」

夏子もそう言って笑った。

「お二人とも、どうぞ座って下さい」

忠彦がそう言って、入り口の横にある、予備の丸椅子を取ってくれようとした。が、夏子は遠慮して言った。

「いいえ。あまり疲れさせてもいけませんから。今日は顔見られただけで……。じゃあ、圭さん、また来るわね」

圭子は目で頷いてみせた。

「じゃあね、おばさん。舞、またね」

直もそう言って、夏子の後について部屋を出ようとしたときだ。

「ママ!?　苦しいの!?」

突然舞の動揺した声が聞こえ、振り返ると、圭子が苦しそうに舞の方に寝返りを打ち、右手を口に当て、何かを吐いている。

忠彦はすばやく反対側にまわり、倒れそうになった点滴台を右手で支えると、左手でナースコールのボタンを何度も押した。

「すみません！　急いで来て下さい！」

圭子は何やら赤黒い固まりをシーツの上に吐き出すと、そのまま動かなくなった。

「ママ！　ママ！　ママ！」

「舞、動かすな！」

絶叫する舞と、忠彦の怒鳴り声とを聞きながら、直は夏子の腕を両手でしっかりとつかんだまま、じっと立ちすくんでいた。心臓だけが、ドクン、ドクンと激しく脈打っている。

直は、目を見開いたまま動かなくなった圭子の脳の中で、いったいどんな恐ろしいことが起きているのかを、気の遠くなるような思いで想像した。そしてその未知の恐怖に、直は叫び出したくなるのを、やっとの思いでこらえていた。

担当医師の説明を聞き、戻ってきた忠彦の話によると、病名はクモ膜下出血とのことだった。脳内出血の中でも最もたちの悪いもので、出血範囲が広く、脳への負担も大きい病気だそうだ。

今の二度目の出血で、だいぶん脳が圧迫され、腫れているので、すぐに緊急手術を行うとの話だった。

手術といっても、とりあえず腫れた脳を元に戻すため、脳に溜まっている血を抜くためのもので、根本治療のための手術はその後の様子を診てからになるらしい。

舞はさっきからずっと黙ったまま、頻りに頭を押さえている。

(おじさんに止められたのに、無理矢理一緒に、病状の説明なんか聞きに行くからだ)

直たちは、四人で手術室近くのソファーに浅く腰かけ、ただひたすら、圭子の無事を祈った。誰もがそわそわと、落ち着かなかった。頭を押さえて動かないでいる舞の横で、忠彦は何度も腕時計を見、夏子は手術開始からずっと手を合わせて、神様に必死にお祈りをしている。

直はこの圧倒的不安の中で心臓が押し潰されそうになりながら、極力圭子の元気な笑顔だけを思い浮かべようと努力した。そして必ずまた、その笑顔を見ることが出来るのだと、心の中で何度も自分に言い聞かせ、それを懸命に信じ込もうとした。

途中何度か舞は、貧血気味にぐったりとソファーにもたれたり、立ち上がって手術室のドアの前まで歩いて行ったりした。そしてまた頭を抱えて座り込み、まるで自分の頭が開けられてでもいるかのように、苦しそうに顔を歪ませた。

そんな苦しみが、約一時間半続いた後、ようやく手術中の電気が消えた。

四人はいっせいに、立ち上がった。

手術室から出てきた圭子は、頭のてっぺんに透明の細い管を二本、入れられていた。包帯でぐるぐる巻きにされた頭が、痛々しく、四人の目に映った。

病室に戻り、圭子が移動寝台からベッドに移されると、早速看護師さんが点滴を持ってきて、まだ眠っている圭子の左腕に、点滴の針を刺した。舞が痛そうな顔をする。

ベッドの下には半透明の容器が置かれ、圭子の頭の管から抜ける余分な血が、その中に溜まっていくのだと、手術をした担当の白石先生が説明してくれた。

万が一もう一度出血しても、今度は脳内に血が残らないので、脳への負担は最小限に抑えられるという。

直はまた出血する可能性があるのだという事実に驚愕し、

「だったら早く手術しちゃえばいいのに」

と言ったが、白石先生が言うには、脳の腫れがひき、圭子の体力が回復してからでないと逆に危険であるらしい。

手術が出来る状態になるまで、後一週間から二週間はかかるという。

途方もない長さだと、直は思った。

いったいそれまで、舞の神経はもつのだろうか。

直は、今にも泣き出しそうに、圭子の頭の管を見つめている舞の方が、心配だった。

この先二週間、自分が舞を支えよう。

直は心の中で、そう決意した。

三

目が覚めるまでしばらく時間がかかりそうなので、直と夏子はその間に病院の近くで軽く遅い昼食をとり、その帰りに舞と忠彦にお弁当を買ってきてあげることにした。

病院を出ると、重い空気からほんの少し解放されたが、二人はしばらく無言のままだった。

三分ほど歩いて大通りに出ると、夏子は向こうの通りにある、小さくて古そうな喫茶店を指さして、

「あそこでいい？」

と直に聞いた。

直はいいよ、と答え、二人は歩道橋を渡った。

その喫茶店は薄暗くて狭く、メニューはナポリタンとカレーライスと、ピラフしかなかった。狭いだけに、不満をこぼしたら店のおじさんにまる聞こえなので、直は我慢して、ナポリタンを選んだ。

「じゃあ、私はピラフで」

と、夏子が直接、おじさんに言う。

キッチンの前に立ち、注文が入るのをじっと待っていたおじさんは、

「ナポリタンと、ピラフね」

と言いながら、中へ入っていった。

「直、学校抜けて来てくれたの?」

夏子が聞いた。

「うん。けどちゃんと許可とってきたから大丈夫だよ」

許可をとってきたのは先生じゃなく恭子なのだが、夏子は追及することなく、

「そう。ありがとね」

と言って、疲れた顔で笑った。

「お母さんも、救急車に乗ったの？」

「ううん。圭さんのご主人から朝電話をもらって、お父さんと慌てて車で病院に向かったの。ちょうど直が来る頃藤原先生と帰って行ったんだけど、会わなかった？」

「会ったよ。ちょうどタクシー降りたとこだったから、お金払ってもらった」

「そう。タクシーで来たの」

「うん。タクシーのおじさん、優しかったよ」

「そう」

これが普段のことだったら、一人でタクシーに乗れた直を、夏子はきっと喜んで褒めただろう。

夏子にとって圭子は、直が生まれる前から続く、かけがえのない友人なのだ。

「杜仲茶、もっと早く飲ませてあげてればよかったわね」

「うん……」

そこへ、おじさんがカップに入った卵スープと、小さな器に入ったサラダを二つずつ持ってきて、テーブルに並べてくれた。並べ終わるとおじさんは、

「食後のお飲みもの、コーヒー、紅茶、オレンジジュースから選べますが」

と言って直たちを見た。

確かメニューには、ナポリタン、カレーライス、ピラフ、各六百円、としか書かれていなかったはずだ。

「なんだおじさん。やる気あるんじゃん！」

直は思わずこう叫んでしまい、しまったと思ったときには夏子が真っ赤になって直を睨みつけていた。ものすごい顔だ。

苦笑しているおじさんに、直はわざと無邪気に、オレンジジュース、と言った。

病院に戻り、病室へ向かう途中、白石先生と先ほどの看護師さんが二人、直たちの方へ会釈をして通りすぎた。その表情が心なしか柔らかく、落ち着いていたので、直はほっとし、期待をこめた目で夏子を見た。

「おばさん、目ぇ覚めたのかな」

「そうかもしれないね」

郵便はがき

恐縮ですが
切手を貼っ
てお出しく
ださい

1600022

東京都新宿区
新宿1−10−1
(株) 文芸社
ご愛読者カード係行

書　名			
お買上 書店名	都道府県　市区郡　書店		
ふりがな お名前		大正 昭和 平成　年生　歳	
ふりがな ご住所	□□□-□□□□	性別 男・女	
お電話 番　号	(書籍ご注文の際に必要です)	ご職業	

お買い求めの動機
1. 書店店頭で見て　2. 小社の目録を見て　3. 人にすすめられて
4. 新聞広告、雑誌記事、書評を見て(新聞、雑誌名　　)

上の質問に1.と答えられた方の直接的な動機
1.タイトル　2.著者　3.目次　4.カバーデザイン　5.帯　6.その他(　　)

ご購読新聞　新聞	ご購読雑誌

文芸社の本をお買い求めいただき誠にありがとうございます。

この愛読者カードは今後の小社出版の企画およびイベント等の資料として役立たせていただきます。

本書についてのご意見、ご感想をお聞かせください。 ① 内容について
② カバー、タイトルについて
今後、とりあげてほしいテーマを掲げてください。
最近読んでおもしろかった本と、その理由をお聞かせください。
ご自分の研究成果やお考えを出版してみたいというお気持ちはありますか。 ある　　ない　　内容・テーマ（　　　　　　）
「ある」場合、小社から出版のご案内を希望されますか。 する　　しない

ご協力ありがとうございました。


〈ブックサービスのご案内〉

小社書籍の直接販売を料金着払いの宅急便サービスにて承っております。ご購入希望がございましたら下の欄に書名と冊数をお書きの上ご返送ください。（送料１回210円）

ご注文書名	冊数	ご注文書名	冊数
	冊		冊
	冊		冊

夏子もそう感じたらしく、緊張していた顔を少し緩めて頷いた。二人は少し急ぎ足になり、圭子の病室へと向かった。

「ナポリタン、おいしかったな」

「もう二度と、あの店行かないから」

「なんで？　私は気に入った」

安いし、おいしいし、サービスはいいしで、最高の店だ。

「これからお見舞いのときはいつも、あそこ行こうよ」

「あんたなんか向こうでお断りよ」

「えーっ」

病室に着き、夏子が直にシーッとしてみせる。

夏子がゆっくりと引き戸を開けると、部屋の中は相変わらず薄暗かった。

「あ、直」

直たちが入ると、舞はさっきとはうって変わった明るい顔をこっちに向け、

「ママ目ぇ覚めたよ。ちょっとおしゃべりも出来るよ」

と、弾んだ声で手招きをした。

直はパァッと笑顔になって夏子を見た。

夏子もほっと安堵の表情を見せ、ベッドに近づくと、ぼんやりと目を開けて自分を見ているいる圭子に向かって言った。

「圭さん、頑張ったわね。もう大丈夫よ」

圭子はゆっくりと、

「ありがとう」

と言い、その顔には弱々しくではあるが微笑が浮かんでいた。

「舞、良かったね」

直が言うと、舞も笑顔で、

「ありがとう」

と言った。

「はいこれ。おにぎりとサンドイッチ。おじさんは？」

直は持っていたコンビニエンスストアの袋を、舞に手渡しながら聞いた。

「あ、今、青森のおばあちゃんちに、ママが目が覚めたって、電話で報告しに行った。京都のおばあちゃんたちはもうすぐ着くと思うんだけど、パパの方のおばあちゃんは腰が悪いから、こっちには来れないんだって」

「あらそうなの。大変ねえ」

夏子がのんびりした口調で言い、その言い方が、なんだか「わざわざ青森から駆けつけるほどのことでもない」と言っているような気がして、直はますますほっとした。

「おばさん早く良くなってね。運動会は、ビデオで見ればいいよ」

直が明るい口調で言うと、圭子はまた、

「ありがとう」

と言って、微笑んでみせた。

「ねぇママ、お腹すいた？」

舞は受け取ったコンビニ袋を持ち上げて、圭子に見せながら聞いた。

「大丈夫よ。ママは点滴食べてるから」

圭子はゆっくりと、しかしユーモアをまじえて答え、みんなを笑わせた。

話していても大丈夫そうなので、直と夏子は舞の隣に椅子を並べて座った。

「圭さん、頭痛の方はどう？」

「ええ、少し。でも、平気」

「退院したら、旅行にでも行きましょうね」

「えー。いいな。私も行きたい」

直が横から口を狭む。

「あんたはダーメ。舞ちゃんと留守番してなさい」

「えー」

直が唇をとがらせ、舞が笑う。昨日四人でお茶を飲んでいたときの雰囲気が、一瞬だけ、再現されたようだと直は思った。

「温泉なんかいいかしらね」

「ええ。でもその前に、かつらを買わなくちゃ」

手術のとき、髪の毛を全部剃られてしまったことを聞いているのだろう。圭子はゆっくりとそう言い、ちょっと恥ずかしそうに、自分の包帯に包まれた頭に右手をやった。しかしその手は頭にはいかず、横にずれて枕に当たった。

圭子はもう一度、試すように右腕を動かし、今度は点滴をしている方の左腕に合わせて右腕をまっすぐに掛け布団の上にのばしてから、両腕同時に持ち上げようとした。すると平衡感覚が麻痺しているのか、二本の腕は同時には上がらず、何度やっても上下にずれ、なかなか並行にはならない。

直はどきどきしてその光景を眺めていた。

圭子は確実に、病魔に侵されているのだと思った。

直は舞を心配し、おそるおそる隣を盗み見た。

すると驚いたことに舞は、少しも動揺した様子はなく、むしろ落ち着いた顔で圭子のする動作を見つめている。

そして圭子が何かを言おうとするより先に、口を開いたのも舞だった。

「大丈夫だよ。今は出血で脳が腫れて、血管が細くなってるから、ちょっとぼうっとしたり体の動きが鈍くなったりするけど、少しずつこの管から頭に溜まった余分な血が抜けていってるから、そのうち腫れもひいて、血管ももとの太さに戻るよ」

それはとても落ち着いた、優しい声で、不思議と説得力があった。

「そうなんだ。おばさんよかったね。一時的なものだって」

直が安心して言うと、圭子も微笑を見せ、ゆっくりと言った。

「わかったわ。舞、ありがとう」

「ううん。ママは安心して寝てて。舞がついてるから、大丈夫だよ」

舞はそう言って、いつものウーパー顔で、にいっと笑ってみせた。

「舞ちゃん頼もしいわぁ。圭さん、これなら安心して入院できるわね」

「無理矢理お医者さんの説明、聞きに行っただけあるじゃん」

夏子と直が褒めると、舞は照れたように笑い、ちょっと誇らしげな顔で言った。

「ママは、舞が守る」

そこへ静かに引き戸が開いて、忠彦が戻ってきた。

「どうも。親戚に電話して、売店と会計寄ってたら遅くなりました。なんか楽しそうだな」

「パパ、サンドイッチとおにぎりもらったよ。ママは点滴食べるんだって」

「そうか。はは」

「じゃあ、私たちはこれで」

夏子が立ち上がったので、直も仕方なく席を立つ。

「あ、はい。どうもすみません。ごちそうになります」

そう言って頭を下げた忠彦の顔も、だいぶん普段の色を取り戻しつつあった。

「いいえ。他にも何かありましたら、遠慮なく言いつけて下さい。じゃあ、圭さん、舞ちゃん、また明日来るわね」

「おばさんまたね。舞、バイバイ」

「バイバイ。またね」

舞は明るく笑っている。

「ありがとう……」

小さな声で圭子は言い、微かに唇の左端を持ち上げてみせた。

目が穏やかで、いつもの圭子だと、直は思った。

四

帰りはタクシーではなくバスに乗り、夏子に夕食の買い物をつき合わされたので、家に着いて時計を見るともう六時前だった。

直はその頃になってようやく、勝手に抜け出してきた学校のことを思った。

飛び出したときはすっかり頭から抜けていたが、今日はクラブ活動のある金曜日で、バトン部にとっては明後日の運動会を前に、特に重要な練習日でもあった。

直の脳裏にふと、部長の暁子の、怒った顔が浮かんだ。

暁子は時間にとても厳しい。ましてやこの大事な時期に無断早退など、もってのほかだろう。

「しょうがないから電話しておくか。お母さん、ちょっとアッコに電話するから、手伝えないけど」

キッチンでエプロンをつけている夏子にそう声をかけると、直は電話に向かった。受話器を取り、空で覚えている番号を押す。

どうか怒っていませんように！

電話台の上の柱時計を見ると、あと数分で六時というところだ。ちょうど学校から戻ってきている頃だろう。

言い訳を考えながら受話器を耳に当てていると、二コールほどで、すぐ暁子が出た。

「はい岸本です」

「ああ直だけど」

相手が直接電話口に出た場合、直はいつもこういう出方をする。

「またそんな出方をして。母子は声が似てるんだから、もしお母さんだったらどうするのよ」

と、いつも決まって注意をする夏子も、今日はさすがに元気がなく、なんだか上の空といった顔つきで、スーパーの袋から先ほど買ってきた食材を取り出しては、テーブルの上に並べている。

今日の夕食は、マーボー茄子《なす》と八宝菜だ。

「ああ直。舞のお母さん、大丈夫だった?」

どうやら暁子は事情を知っていたようで、電話の相手が直だとわかると、怒るどころかむしろ心配そうな声で、いきなりそう聞いてきた。

直はほっとした。

「うん。意識も戻って、落ち着いてるよ」

「そっかぁ、良かった。で、何の病気だったの。倒れて救急車で運ばれたってことだけは聞いたんだけど」

「ああ、脳内出血だって。今頭の中に溜まった血を抜いてる。しばらく様子見て、手術するって」

直はあえて、クモ膜下出血と言うのをやめた。なんとなく助からない響きがあって、いやだったから。

「やっぱり脳内出血かぁ。うちの隣の坂井さんも、三年くらい前それで倒れて入院したから、もしかしたらって思ってたんだ」

「え? 坂井さんて、アッコの左隣に住んでるおばさんのこと? あの人も脳内出血だったの？」

直は驚いて聞き返した。

暁子は恭子と同じ駅前の都営団地に住んでいて、直も何度か遊びに行ったことがある。そのときたまに玄関先で見かける、足の不自由なおばさんの姿が、直の脳裏には浮かんでいた。

「そう。お風呂上がりにいきなり倒れたらしいよ。でも手術して、数カ月で退院して戻ってきたの。だから舞のお母さんもきっと大丈夫だよ。手術成功するよ」

暁子は直の不安を知ってか知らずか、強い口調でこう励ました。

「ねぇ……」

「え？」

「舞のお母さんも、あのおばさんみたいになるのかな」

直は坂井のおばさんの、左頰だけ筋肉が弛んだ、左右対称ではない顔を思い浮かべながら尋ねた。

「脳のダメになったところによって後遺症が出るところも違うから、なんとも言えないな。

みんながみんな坂井さんみたくなるとは限らないよ。リハビリで良くなる人もいるし。坂井さんだって、ちょっとずつ良くなってるんだよ」

直はこの慰めの言葉を聞きながら、両腕を並行に持ち上げることが出来なかった圭子の姿を思い出していた。よく考えてみれば、笑顔もぎこちなく、唇も左側しか動いていなかったような気がする。

「でも舞は、脳にたまった血が全部抜けて、圧迫されてた血管がもとの太さに戻ったら、マヒした感覚ももとに戻るって、おばさんに説明してたよ。お医者さんの説明聞きに行ってたから、確かだと思うんだけど」

「私も坂井さんのときにちょっとかじっただけだから詳しいことはわからないけど、たぶんそれ、舞がお母さんのためにウソついたんじゃないかな。一度ダメになった脳は血管がもとに戻っても、そう簡単には復活できないと思うよ」

「え？　そうなんだ……」

直は、ママは舞が守ると言った舞の、誇らしげな笑顔を思い出していた。

もしかしたら舞は、直が考えているよりずっと強いのかもしれない。

その後暁子は、直が無断で学校を飛び出したことは、ちゃんと須藤先生がクラスで説明してくれ、みんな納得していること、かえって友だち思いということでみんなの好感を得たことなどを、直に話してくれた。

「でもクラブの方は困ったよ。真ん中の直がいないから、団体演技の練習すごくやりにくかった。もうすぐ本番だっていうのに」

事情をわかってくれたのなら、わざわざそういうことは言わなくてもいいと思うのに、言ってしまうのが暁子なのだ。

直は一応、ごめんねと言っておいた。

それから二言三言、何げない会話をして、

「じゃあ、また明日」

と言って受話器を置いた。それを待っていたのか、夏子は直が電話を終えるとすぐ、

「直、お祈りしましょう」

と言って、エプロンで手を拭きながらキッチンから出てきた。

当然圭子が良くなるようにと祈るわけだが、電話で坂井さんのことを聞いてしまった後

なので、直はちょっとためらった。

「どうせ手術が成功しても、後遺症は残るんでしょう?」

直が遠慮がちにそう聞くと、夏子は驚いた顔で直を見た。黙って見つめている。

「今アッコに聞いてわかったの。アッコんちの隣に体の不自由なおばさんがいてね、私いつも他人ごとだと思って見てたんだけど、その人脳内出血の後遺症なんだって」

「だから?」

「だから、どうせあんなふうになるんなら……」

死んでしまった方がまし、と言いかけて、直はハッとして口をつぐんだ。自分で自分が、恐いと思った。

「体が不自由になったおばさんだと、いや?」

夏子は怒らず、ただ少し寂しそうな顔で、直を見ている。

直は大きく首を振った。

「いやじゃない。でも、かわいそう……」

夏子はフッと優しい顔になって直を見た。

「直、大事なのは心でしょ？　体が病気でも、心が健康であれば、人間は幸せに生きられるのよ？」

夏子はとても優しい、穏やかな表情を浮かべながらそう言った。

こういう話をするとき、夏子はいつもとてもいい顔をする。そして決まってその後、穏やかで満ち足りたような、それでいて、強い確信を持った情熱的な目で、直を見つめた。

そんなとき、夏子はとてもきれいで、直の一番好きな顔になった。

肉体は魂の入れ物にしかすぎないこと。

心が醜いと天国には入れないこと。

死んで天国に持っていけるのは心だけだということ。

そんな話を、直はよく夏子から聞かされてきた。

「だからいつでも心だけはきれいにしておきなさい」

そう言い聞かされて育ってきた。

だが実感としては、なかなかわかるものではない。

もし自分の顔が変形したら……。

直はそれでも心を曇らさず生きていけるかどうか、自信がなかった。

自意識過剰な自分のことだから、きっと誰とも顔を合わせたくなくなり、憂鬱で、暗い人生になるだろうことは、容易に想像がついた。それで心までもが醜くひねくれて、天国に入れなくなるくらいなら、心がきれいなうちに死んでしまった方がましだとまで思った。

「でも、心もすさむんじゃない？　周りから変な目で見られたりしたら……」

直は思ったことを、正直に口にした。

「圭さんなら、大丈夫よ」

夏子はきっぱりと言った。

「あの人は、とても強い人だから」

直の脳裏に、頭が痛くてもいつもにこにこと笑っている、圭子の顔がふと浮かんだ。

「圭さん、前にこう言ってた。頭が痛くて顔をしかめたくなったら、代わりに笑顔を作るんだって。そうするといつの間にか、本当の笑顔にかわってるんだって」

「……すごいね」

直はちょっと驚いて言った。

穏やかな笑顔の裏に、そんな努力が隠されていたなんて！

「前向きで、思いやりがあって、とても立派な人。お母さんにとって圭さんは、とても大切なお友だちなの。だから直も、一緒にお祈りしてちょうだい。手術が成功して、圭さんとまた、うちで笑ってお茶が飲めますようにって」

「うん。わかった」

直は今度は、素直に頷いた。

二人は二階に上がり、ベランダに出ると、星空を見上げて手を合わせた。

「お母さんお釈迦様にお祈りするから、直は他の方になさい。いろんな方面から応援していただいた方が心強いから」

夏子は仏や神と呼ばれる偉人たちはみんな、人類を幸せにしたいという共通の目標を持っていたのだから、天国できっと意気投合し、仲がいいはずだと勝手に決めて信じていた。なので仏教とかキリスト教とかイスラム教とかの違いは、夏子にとってはあまり問題ではなかった。

「うーん、誰にしよう」

「自分のイメージしやすい神様でいいのよ」

「じゃあ私、イエス様にする」

二人の祈る先が決まり、さあお祈りしましょうというとき、微かにベランダのガラス戸を通して、廊下の壁に設置してある子機の鳴る音が聞こえた。

直はハッとして夏子の顔を見た。

「ちょっと待ってて」

夏子は少し顔をこわ張らせて直に言い、すぐにガラス戸をひき、部屋の中に入っていった。

「病院からかな……」

直は不安でじっとしていられず、一分も待てずにベランダへサンダルを脱ぎ捨て、中に入った。

ベランダに面した部屋は健児の書斎（パソコンの他に、流通関連の本やファッション雑誌等が、本棚に雑多に並べられている）になっていて、廊下に出るドアが、夏子により開けっぱなしにされている。にもかかわらず、電話の話し声がまったく聞こえてこないのが直は気にかかった。

不審に思い、廊下に出ると、夏子はぶらりと落とした右手に受話器を握ったまま、ぼうっと立ちすくんでいた。

直が近づくと、夏子は壁を向いたまま、ぽつりと言った。

「圭さん、死んじゃったって」

五

直たちが病室に行くと、中はすでに空っぽで、芹川圭子の名札も、もう抜かれていた。ナースステーションで聞くと、遺体は霊安室に運ばれているらしく、担当だった看護師さんが、直と夏子を地下のその部屋まで案内してくれた。

地下に下りていくエレベーターの中で、その看護師さんは、三度目の出血に脳が耐え切れなかったこと、そのまま昏睡状態で静かに逝ったこと等を、夏子が問うままに、親切に話してくれた。

「舞は？　大丈夫？」

直が聞くと、看護師さんは優しく微笑して、直を見た。

「舞ちゃん、お母さんの体を拭くの、手伝ってくれたのよ」

「体拭いたの？」

「そうよ。湯灌って言って、お湯できれいに拭いて、清めてあげるの。私たち看護師がさせてもらってたら、舞ちゃんが入ってきて、私がやるって……」

そう言った看護師の声は、後半ほとんど鼻声で、目はかろうじて涙を落とすのをこらえていた。

夏子はハンカチを目に当てたまま、黙って直たちの会話を聞いている。

直は湯灌の場面を漠然と心の中で思い描きながら、私がやる、じゃなくて、舞がやるって言ったんだろうな、などと、どうでもいいことを考えていた。

エレベーターが開くと、そこはもう薄暗い地下で、その廊下のずっとつきあたりに、霊安室はあった。

中に入ると、左側の壁を背中に、パイプ椅子が十脚ほど並べられていて、そこに京都の親戚と思われる老夫婦と、その子どもらしい中年夫婦が、忠彦と並んで座っていた。そのふくよかな中年のおばさんが圭子の姉であることは、直には一目でわかった。ふっくらとした頬。穏やかそうな目尻のしわ。人のよさそうな口もと。圭子そっくりだ。

彼らはドアを開けて入ってきた直たちを見ると、沈痛な面持ちで、めいめい会釈をした。直たちも会釈を返した。

右側に簡単な祭壇が用意されていて、すっかり青白くなった圭子が横たわっている簡易ベッドの前で、焼香が出来るようになっていた。舞はその簡易ベッドと焼香台の間に入り込んで、遺体の枕もとに膝をつき、自分の左頬を、冷たく、硬くなっているはずの圭子の右頬に、ぴったりと押しつけていた。

直は胸に重苦しい痛みを感じて、忠彦がすすめてくれたパイプ椅子にも座らず、じっとその舞の様子を見ていた。

「直」

夏子が直のグレーのセーターのすそをそっと引いて隣に座るよう促したが、直はその手を無視して、舞の方へと近づいていった。

「舞……」

直が舞の名を呟くと、舞はゆっくりと遺体から頬を離し、直を見上げた。

その目は直の予想に反して、濡れてはいなかった。

直は黙って、舞の隣に膝をついた。

舞は再び遺体に目を戻すと、冷たくなった圭子の両肩を、白いシーツの上からさすり始めた。愛しそうに、ゆっくりと優しく……。そしてドキッとするほど悲しい目を直に向け、

「ママ、ミロのヴィーナスみたいだったよ」

と言って、寂しげに微笑した。

直の背中で、京都のおばさんの、すすり泣く声が聞こえた。

そのすぐ後から、夏子の、

「圭さん！……圭さん！……」

という、押し殺したような涙声が続き、京都のおばさんのすすり泣きが、激しい嗚咽へと変わった。

やがて白石先生が霊安室に現れ、圭子の前に立ったときも、舞はそこからまったく動こうとはしなかった。

直も黙って舞の横に膝をついたまま、先生が遺体に向かって深々とお辞儀をし、焼香する姿をぼんやりと眺めていた。白石先生の焼香は決して慣れたものではなく、そのとても丁寧なのと、焼香後の合掌が思ったより長かったのが、直に誠実な印象を与えた。

寝台車には一人しか乗るスペースがなく、遺体から離れたがらない舞が、必然乗ることになった。

他のみんなは葬儀屋さんが出してくれた黒塗りの車二台に、分かれて乗った。

「舞、泣かないね」

黒いスーツの葬儀屋さんが運転する車の後部座席で、夏子と並んで座っていた直がぽつりと言うと、先ほどからずっと沈黙がちだった忠彦が、助手席から振り向いて言った。

「まだ、実感出来てないいんじゃないかな」

その目があんまり潤んでいたので、直はなんだか見てはいけないものを見てしまった気がして、慌てて目をふせた。男の人の涙。

その夜、直はなかなか寝つけなかった。

眠ろうとすると、舞の泣き顔と、圭子の笑った顔が交互に浮かんできて、ああそうか、おばさんは死んだのだと意識するたび、心臓が大きく、ドクンと打った。思い浮かぶ舞はなぜかちゃんと泣いていて、死んだはずの圭子は、なぜか生き生きと笑ったままだ。今日一日の病院での出来事が、まるで現実感のない夢のように思える。それでも頭ではちゃんとわかっていて、鈍くなりたがる心を、強引に反応させる。

舞の泣いた顔が思い浮かんでズキン。

圭子の笑った顔が思い浮かんでチクリ。

圭子の青白い顔が思い浮かんで……ドックン。ドクドクドク。

(ああ、おばさんは、死んじゃったんだ……。もう一緒に、お茶を飲むことはないんだ……)

忠彦の話によると、三度目の出血は、舞と話をしている最中、急に起こったとのことだった。

それまでぽつりぽつりとだが、舞と笑って話をしていた圭子が、急に左顔を押さえて、痛みを訴え出したのだそうだ。忠彦が慌ててナースコールを押すのとほぼ同時に、圭子の頭に差し込まれた二本の管から、赤い血が勢いよく流れ出し、その血がタンクにボタボタと溜まっていく様子を、舞は黙って凝視していたという。

看護師さんが数人ばたばたと駆け込んできたときにはすでに圭子の意識はなく、白石先生の心臓マッサージでその場は持ちこたえたものの、その後検査をし、息をひきとるまで、圭子の目が再び開くことはなかった。

「検査の結果、三度の出血で、脳のほとんどが死んでしまっているから、もう何も見ることも、聞くことも、しゃべることも出来ない、たとえ助かっても植物状態だと担当医に告げられました。あいつが息をひきとった瞬間より、僕はそう宣告されたときの方が、むしろつらかったですよ」

直は忠彦が夏子に語った言葉を思い出しながら、脳が死ぬということの恐怖を、じわじわと感じていた。だがすぐに、肉体と魂は別なんだと思い直し、魂の入れ物である肉体が植物状態になっても、魂としての精神が、見ることと聞くことくらいは出来たかもしれないな、などと考えたりもした。そして少なくとも、自由自在な魂が、機能しなくなった肉体に縛られ続ける苦しみからは、圭子は逃れられたのだと気づいてほっとした。

圭子の魂は、今どこにいるのだろうか。

もう、天国へ行っただろうか。

それともまだ舞の側にいて、見守っているだろうか。

直がそんなことを考えていると、階下から玄関のドアが開く音がし、健児が帰ってきたのがわかった。

ということは、もう夜中の十二時頃だ。

「麦茶でも飲も」

直はベッドから出て、部屋のドアを開けた。すると階下で、

「ずっと泣いてたのか?」

という健児の声がして、直は思わずドアを閉めた。

直はそろそろとベッドに戻ると、もとの通り、仰向けに寝た。そして薄暗い白塗りの天

井をぼんやりと眺めながら、こんなとき支えになれなかった自分を、娘として、とても情けないと思った。

（どうしてお父さんが帰ってくるまで、お母さんと一緒にいてあげなかったんだろう）

直は今、眠れないと言って階段を下りれば、両親が温かく迎えてくれることを知っていた。直の不安な気持ちを読み取り、夏子が抱きしめてくれるかもしれないとも思った。

だがあえて、そうするのをやめた。

今日は、お母さんが甘える日だ。

薄暗い天井にじっと目を凝らしながら、直は母親を失った舞と、両親の離婚に耐えている恭子を思った。

そして自分もこれぐらいの心細さに耐えられないようじゃ、二人に申し訳ないような気がした。

第三部　混乱　そしてその先に

一

「けど信じらんない。おばさんがもういないなんて」

トーストにほうれん草入りの卵焼きとサラダ、という朝食をぱくぱくと口に運びながら、直が言った。ほうれん草入りの卵焼きは、直の好物だ。

「おまえねぇ、友だちの親が亡くなった翌朝くらい、もっと不健康そうに食え」

「何それぇ」

「圭さんはそんなの喜ばないわよ」

「やーい、怒られた怒られた」

健児は笑い、直をげんこつでぶつふりをした。が、急に真顔になり、優しい声で、

「昨日はちゃんと眠れたか？」

と言ったのには驚いた。父親の顔だ。

「眠れたよ」

直は照れ臭さからそう答えた。

「そうか？　ならいいけど。直は意外に繊細なとこがあるからな。友だち思いだし」

「何わかったようなこと言っちゃってんの」

直は照れ隠しについ、憎まれ口をたたいてしまう。

健児の直情《なお》報はたいてい夏子から入るのだから、繊細で友だち思いというのはおそらく夏子の評価なのだろう。

直は照れ臭いような嬉しいような、へんな気持ちだ。

夏子はともかく、健児とは普段、軽いノリでしか話していないので、こんなふうに急に真顔で心配されると、直は調子が狂ってしょうがない。直はいつもの調子を取り戻すべく、話題を変えた。

「お父さん、昨日藤原先生と帰ってたけど、あの先生とっつきにくいでしょう」

「いや、そんなことなかったぞ。いい先生だよ、とても」

「いいよ娘の前で建て前使わなくても。あの先生が無愛想でやる気がないのは、有名な話なんだから」

「何てこと言うの先生に対して！」

夏子が恐い顔で注意した。

これでこそ直のペースだ。

「藤原先生もさ、奥さんクモ膜下出血で亡くしてるんだよ。息子さんも結婚して家出てるし、今独り暮らしらしいよ。無愛想なのは、寂しいからじゃないかな」

「そうなんだ……。マジで」

健児のその言葉には、直も真顔にならざるを得なかった。

直は、昨日珍しく息せききって廊下を走ってきた藤原先生の姿を思い浮かべた。

胸がチクリと痛んだ。

「そうなんだ……」

もう一度呟くように言い、直は心の中で、藤原先生にごめんなさいをした。

舞のお母さんが亡くなった翌日の教室は、あまりにいつも通りで、直を困惑させた。みんな知らないだろうから当たり前なのだが、なんだか不思議だ。

須藤先生は直《なお》に会うなり、

「昨日は大変だったな」

と優しい言葉をかけてくれたが、教室に入り出席をとると、他のクラスの生徒の不幸には一切触れないまま、授業を開始させた。

恭子は意外にも人の不幸に疎く、

「昨日あれからどうした?」

と、直が教室に入ると開口一番、聞いてきたが、直が説明し、舞のお母さんが死んだこ

とを伝えても、ただ、

「ふうん。そっか」

と言っただけで、すぐ話題を変えた。

昨日電話で心配してくれていたはずの暁子も、母親に死なれた舞のことよりも、むしろ明日の運動会での、団体演技のことが気にかかるみたいだった。

「舞、今日休んだってことは、明日の本番にも来ないってことかな」

「お母さんのそば、離れたがらないから」

「そっか。困ったな……。明日のこと、どうするつもりか聞いた?」

「どうするつもりもなにも、明日は告別式だよ」

「ああそうかあ! うわーどうしよ。じゃあ五年のリホに、ポジション代わってもらおうかな。リホが抜けたとこは、広がれば目立たないでしょ」

「……そうだね」

まるで死ぬ前なら心配するが、死んでしまった今となっては、心配しても意味がないとでも思っているかのようだ。

「野々村、今日珍しく地味じゃん」

グレーの大きめのセーターに、デニム地のミニタイトスカートという直の格好を見て、一平が言った。

昨日、圭子の死の知らせを受け病院に駆けつける前に着替えたものと同じ服だ。グレーのセーターは夏子に借りたものなので、少し大きい。

「地味なの選んだんだもん。地味なのは当たり前じゃん」

「知るかよ、そんなこと」

「舞のお母さんが、昨日亡くなったの」

暁子が代わりに説明してくれる。

一平は笑って、

「なんだ。だからか」

と言って行ってしまった。

「なんだだからかは、ないよねぇ。一平って去年、舞と同じクラスじゃなかった？」

暁子のこの発言には、さすがに何か言ってやりたくなった。

（あんただって三年間、舞と同じクラブだったとは思えない冷たさだよ！）

直が口を開きかけると、ふいに後ろから、

「明日のバトンのことしか頭にないおまえが、よっく言うよ。一平のこと、言えた義理かよ」

という、智哉の声がした。

振り向くと、先ほどからＴＶゲームの話で盛り上がっている悟たちのメンバーの中に、いつの間にか智哉も混ざっている。

智哉はあんまり家でＴＶゲームをする習慣のない奴だから、みんなの盛り上がりについていけなかったのだろう。全然気づかなかったが、暁子が薄情にも舞の穴埋めのことしか興味を示さなかったくだりから、ずっと聞いていたらしい。思いがけない代弁者に、直はにんまりとして、口を閉じた。

「部長だもん。明日のこと心配するのは当然でしょ。舞のことだってちゃんと心配してるよ」

気の強い暁子は怯まず言い返す。

「それにしたって」

と、智哉も負けじと言い返す。

（いいぞ智哉。いけいけー）

「野々村にする話じゃなかっただろ。芹川の友だちなんだから。わかれよ、それくらい」

（え？）

直は胸の奥が、ほわっと温かくなるのを感じた。こんなときなのに、今頃舞は泣いているかもしれないのに、心臓がドキドキと速くなってしまう。

「直にする話よ。副部長に相談しなきゃ決められないじゃない」

「え？　おまえって副ブチョーだったの？」

初めて知ったという顔つきで、智哉が直を見た。

「一応、そういうことになってる……」

直は申し訳なさそうに答えた。

「ちっ」

と智哉が舌打ちをした。

せっかくかっこよかったのに、智哉はたちまち劣勢だ。

「失礼いたしましたあ」

ずっとにやにやして二人のやり取りを聞いていた悟が、まだ何か言いたげな暁子を制するようにそう言って、智哉の腕を引き、自分たちの輪の中に戻した。

悟以外の連中は、相変わらずゲームの話に夢中になっている。誰かがゲームの攻略本を持ってきていて、それをみんなで真剣に読み、語り合っている。智哉が退屈するはずだ。

みんなそれぞれ、自分の世界があって、その中で生きているのだと、直は思った。

だけど智哉は別だ。友だち思いで、優しい。智哉はサルみたいな顔をしているわりに、明るくてひょうきんなところがあるから、けっこうモテる。

でもどうか、智哉の優しさに気づいているのは、自分一人でありますように……。

「何よ人のこと、冷たい女みたいに」

「冷たい女じゃん」

直が言うと、悟がケケケと、変な声で笑った。智哉もにやにやしてこっちを見ている。

「ひどい、直まで。あんたたちも、笑わないでよ！」

暁子が二人をひっぱたきに行く。

そのときになってようやくゲームおたくたちの輪が、何ごとかとくずれはじめた。智哉と悟が彼らの後ろにまわり込み、盾になった彼らは迷惑そうに暁子の平手をよけようとしている。とんだ災難だ。

直はその様子を笑って見ながら、自分は友だちの悲しみに、敏感な人間になろう、と思った。

二

リホがなんとか舞の振りつけを覚え、暁子はようやく、張りつめていた顔を緩ませることができた。

まだ少し不安な点がないではないが、リハーサル最終日にいきなりポジションを変えられたのだから無理もないと、副部長の直は思う。

「もしかしたら明日失敗するかも……」

とリホは練習終了後、何やら不吉なことを呟いていたが、顔を引きつらせる暁子をよそに、

「大丈夫。何とかなるでしょ」

と美奈子先生は気楽に言って、励ますようにリホの肩を叩いた。

それから美奈子先生は、一変して真面目な顔になり、みんなを見た。

「今日、芹川さんのお母さんの、お通夜があります。行ける人は、なるべく行ってあげて下さい。時間は、ええと……」

先生がちらっと直の方を見たので、直が代わりに、

「六時に三丁目の公民館で」

とみんなに伝えた。

「地味な服あるかなぁ」

自分の七色の横縞柄のトレーナーの袖を見ながら、園子が困った顔で言った。

ブルーエンジェルの定番、レインボー柄だ。胴体部分は白地で、胸の辺りに太陽と虹の絵がプリントされている。

「お母さんに借りれば？　私も借りたし」

なんだか急に、今日の自分の格好が恥ずかしく思え、直は言い訳するように言った。

「あ、それお母さんに借りたんだ。直にしちゃ珍しく地味だと思った」

「うん。なんか一日落ち着かなくてさー」

そう苦笑して答えながら、直は自分を、とても軽薄だと思った。

本当は違った。

今朝服を選ぶとき、普段の明るい色のものを着る気には、とてもなれなかった。

だからこれにした。

飾り編みのない、丸首の、シンプルすぎるグレーのセーターは、着ると落ち着いた。

そのときの直の心に、ぴったり合っていた。

今だってそうだ。たとえ今、ブルーエンジェルのトレーナーをプレゼントされたとしても、とても着る気にはなれない。

それなのに、今、直はとっさに、園子の価値感に迎合する返事をしてしまった。

流行りもの以外の服はかっこ悪いという価値観。

それは、直自身も持っているものだ。

直はそんな自分を、このとき初めて、くだらないと思った。

お通夜には、舞のクラスの女子と、バトン部員のほか、智哉と悟の姿もあった。去年、舞と同じクラスだった美沙も、園子に連れられて来ていた。二人ともブルーエンジェル好きのミーハーコンビだが、このときばかりはチープな地味めの服を着て来ていた。

弔問客が焼香をする間、舞は忠彦の隣に小さくなって座りながら、穏やかに微笑む圭子の写真をじっと見ていた。

焼香をしてくれた弔問客一人一人に、丁寧に頭を下げている忠彦と親戚との間で、一人身じろぎもせず、じっと圭子の遺影を頑に見つめ続ける舞の姿は、直や夏子をはじめ、多くの参列者の涙を誘った。

直は焼香の列に並びながら、何度も手の甲で涙をぬぐった。

昨夕、霊安室で夏子に教わったばかりの焼香を、半ば緊張しながら終え、舞たち遺族の前を通りすぎるとき、舞は初めて遺影から目を離して直を見た。そして、ゆっくりと笑いかけた。直はドキッとした。舞はまだ、母親の死を、理解しきれていない。そんな気がした。

直は先に焼香を終えた夏子のもとへ戻ると、そのまま抱きついて、声をたてずに泣いた。夏子は何も言わずに、直を優しく抱きしめてくれた。

ほどよく脂肪のついたその腕の中は、柔らかで温かく、直はふと、圭子のふくよかな体を思い出した。きっと夏子よりも柔らかで、温かかったに違いない。その体も、今は冷たくて硬く、明日には灰になるのだ。そこまで思って、直はハッとした。

舞はもう二度と、母親のぬくもりに触れることはないのだ。ああそうだ。母親が死ぬということは、そういうことだ。

直は舞の絶望を思って慄然とした。

直は夏子の背中に回した手に、思い切りギューッと力を込めた。

「お母さん、これからは家の手伝い、ちゃんとするからね……」

青ざめた顔で、直は言った。

「ほんとかしら」

夏子は涙声で、疑わしげに言った。

「人間は、死んだらどこへ行くの？」

突然、舞が箸を置きお坊さんにこう質問したので、直はびっくりしてつまんでいたゴボウを落としそうになった。

弔問客が去り、忠彦と舞と親類のほか、圭子と仲の良かった夏子と直、それからお坊さんといったメンバーで、町内会の人たちが用意してくれたお弁当を食べていたときのことだった。

忠彦も夏子も、みんな箸を止めて舞とお坊さんを見守った。

お坊さんは静かに箸を置き、舞の方へと体を向けた。

「極楽浄土という、安からな世界に行きますよ」

「でもママ仏教徒じゃなかったよ？　それでもそこに行ける？」

「魂がお経を聞くことによって救われましたから、大丈夫ですよ」

「ふうん……」

それきり舞は黙って席を立ち、給湯室へと向かった。

圭子の祭壇へ、新しいお茶をつぎ直すためである。

舞は給湯室から、お茶の葉を入れ直したらしい急須を持って出てくると、直たちが食事している横を通って祭壇へと向かった。そして祭壇の前にぺたんと座り、

「ママ、冷めたお茶もらうね」

と言って、圭子の遺影前に置かれた湯呑みを、そろそろと取って飲んだ。湯呑みが空になると、そこに新しいお茶をつぎ、祭壇に戻す。

こんなことを、舞はもう四回繰り返している。

「舞ちゃん、お弁当冷めてしまうさかいに、はよ食べちゃいんしゃい」

見かねた伯母が、舞に声をかけた。

たびたび席を立つため、舞のお弁当はまだ半分以上も残っている。

舞はその声が聞こえているのかいないのか、ちらりともこっちを見ないで、何やらぼそぼそと、ひつぎの中の圭子に話しかけている。

夏子に片肘で横腹をつつかれ、直は席を立った。

「私行ってくるよ」

直は心配顔の忠彦を見て言い、舞の側へ行った。

「何話してるの？　舞」

舞の隣にしゃがみながら直が聞くと、舞は直を見て、

「ママ、お経の意味わかった？って聞いたの。そしたらママ、わからなかったって……。どうしよう。ママ、極楽浄土に行けないかもしれない」

と、今にも泣き出しそうに訴えた。

直は返事に困ってしまった。

普通に考えて、生前に理解出来なかったであろうお経を、死後急に理解出来るようになるとは、直にも思えなかった。

直はしばらく考えた後、こう答えた。

「天国には、生きてたとき、心のきれいだった人が行くんだよ。おばさん優しかったし、いっつもにこにこしてたでしょ？　おばさんがいると、みんなあったかい気持ちになったでしょ？　そういう人は、絶対天国に行くよ。お経なんて、聞いても聞かなくても関係な

いよ」

途中から、直は涙声になっていた。生前の圭子がありありと浮かんできて、目の前がたちまち涙で曇った。

舞は何も言わず、ただ黙って圭子を見つめた。直も手の甲で涙をぬぐい、圭子を見た。ひつぎは顔の部分だけ開けられるようになっていて、そこからのぞいた圭子の顔は、きれいにお化粧され、幸せそうだった。

「天国に行ってる顔だね」

消え入りそうな声で、舞が言った。

三

朝、目が覚めると、まだ六時だった。

今日は待ちに待った、運動会だ。本当なら跳ね起きて、準備運動でも始めていたかもしれない。

直は冷静にそんなことを思いながら、ベッド脇の、六時半に鳴る予定だった目覚まし時計をオフにして、のっそりと体を起こした。

パジャマのまま階段を下りると、トントンと、包丁の温かい音が聞こえてきて、自分の幸福に、ふと違和感を覚えた。自分はこの幸福のために、何もしていない。一方的に与えられるだけの幸福は、不確かで、落ち着かないものだ。そう気づいて、直はたちまち不安になった。自分の親だって、いつ急死しないとも限らない。交通事故、圭子のような急病、最近よく聞く、通り魔殺人……。

「あら直、ずいぶん早いじゃない」

夏子がキッチンから、首だけ向けて言った。

直はハッとして、我に返った。健康的な、いつものお母さんの顔。

「うん。センサイだから、眠り浅くてさー。あれ？　お父さんも起きてたんだ」

「今日は直の晴れ舞台だからな」

テーブルでコーヒーをすすっていた健児が、そう言って、直のために隣の椅子を引いてくれた。

「お父さん一人で応援するの寂しいね」

座りながら直が言うと、健児は笑って直を見た。

「ビデオ撮るのに必死で、寂しがるどころじゃないよ、きっと」

「そうよ。お母さんも後で観るからね。直」

今日、夏子は告別式の手伝いがあるから、運動会には来られない。直と健児のお弁当のおかずを作っていた夏子は、そう言って振り返ると、直の前に、空のお弁当箱二つと、おかずの載った皿などを次々と並べはじめた。

「もう食べていいの?」

「違うわよ。お手伝いしたいんでしょ?　はい」

夏子はにこっと笑って、直《なお》に箸を手渡した。

「お母さん、まだあと唐揚げも揚げなきゃいけないから、それ全部お弁当箱に詰めといてくれる?　銀紙で仕切りもつけてね」

「はあい」

直は素直に従った。卵焼きから、慎重に並べはじめる。

「いやに素直だな」

と横から健児が口を狭む。

「もとから素直だもん」

「わかった、つまみ食いするつもりなんだろ」

「しないよ、子どもじゃあるまいし」

「ウインナーは三個ずつだぞ?」

「て言うか、見ればわかるから」

「いや直のことだから……」

「お母さん、お父さんがうるさい」

直が迷惑顔で夏子の背中に訴えたとき、ピンポンと、玄関のチャイムの鳴る音がした。

「誰かしら、こんな朝早く。直、出てくれる?」

揚げ物に専念中の夏子が、振り向かずに言った。

「はあい」

直が立ち上がって玄関に向かうと、驚いたことに、ピンポンピンポンと続けざまにチャイムが鳴る。

「今、開けます」

ただごとじゃないと感じた直が、急いでドアを開けると、そこには忠彦が、顔をこわ張らせて立っていた。直は思わず立ちすくんだ。

「舞が……舞が……」

「舞ちゃんがどうかしたんですか?」

後ろから夏子の声が聞こえ、直が振り返ると、夏子と健児も、いつの間にかリビングから出て来ている。二人とも緊迫した表情だ。

「舞が……朝起きたらいないんです。代わりにこの手紙が……」

直は、忠彦の小刻みに震える手から手紙を受け取ると、急いで文面に目を走らせた。

そこには見慣れた丸文字で、こう書いてあった。

『舞んだらどうせ灰になるだけの運命なら、人間はどうして生きなければいけないの。舞はなおさら、生きていく意味がわからなくなりました。ママのいない世界は、恐くて、恐くて、気が狂いそうです。本当に死んでも、ママに会えないの?

最後にもう一度だけ、それを確かめてきます』

「おじさん、どういうこと？　最後って……」

得体の知れない不安が、直を襲った。

「詳しく話して下さい」

直の肩越しに手紙を読んでいた夏子も、そう言って忠彦を見つめた。

忠彦は、なんとか平静を保つように、努力しているらしく見えた。顔のこわ張りはとれたが、話し出した声は、微かに震えていた。

「あれから舞、自分も死んで、ママに会いに行くと言い出したんです。ママのいない世界で生きていたってしょうがない、ママがいないのに、生きなきゃならない理由がわからないと。私は、バカなことを言うな、人間は死んだら灰になるだけだ、死んだってママには会えないぞって、そう言ったんです。そしたら舞、体は失《な》くなっても魂は残って極楽浄土に行くんだ、自分はママの魂に会いに行くんだって言うんですよ。こっちはもう、娘の自殺願望を消し去ろうと必死でした。それでつい、魂なんか本当はないんだ、お坊さんは遺族をなぐさめるためにそう言うだけだって、そう言ってしまったんです。そのときはそれきり黙ってしまったので、てっきり私は納得したんだと思っていました。そしたら今朝、その手紙が枕もとにあって……。直ちゃん、舞の行きそうな場所、心当たりありませんか。確かめるって、いったいどこへ……」

「お母さん、私ちょっと捜してくる」

　直はそう言って振り返るなり、すごい勢いで階段を駆け上がった。

　数十秒後、トレーナーとジーンズに着替えて駆け下りてきた直は、寝ぐせのついた髪のまま、急いでスニーカーを履いた。紐を緩めなきゃ履けないスニーカーを、直は初めて不便に感じた。

「直、お父さんの携帯、持って行きなさい。何かわかったらすぐ電話して」

　健児がそう言って、しゃがんで靴を履く直のジーンズの後ろポケットに、携帯電話を押し込んでくれた。

「おじさん、私、三丁目の学校の近辺捜すから、おじさんは駅前の商店街の方よろしくね。商店街抜けると小さな児童公園があるの。そこにもよく行くから」

　靴を履き終わった直が立ちながら指示すると、忠彦は、

「わかった。駅前の商店街だね」

と、すっかり直を信頼した様子である。

「気をつけてね」

夏子が不安そうに見守る中、直と忠彦は薄寒い早朝の道を、別々の方向へと、駆け出して行った。


直には心当たりがあった。

舞が身近に知っていて、魂の有無について聞けるような場所というと、学校の裏手の、イイジマの前のお寺しか考えられなかった。

（舞がどうか、お寺に行ってますように！　お坊さんが、舞を説得してくれますように！）

直は祈るような気持ちで、お寺へと急いだ。

（人間は、死んだら灰になって終わりなんかじゃない。心正しく生きた人は、きっとそれに見合った世界に行ける。だから舞も、おばさんと同じ世界に行けるよう、頑張って生きなきゃだめだ！）

走りながら、直は直なりの説得の言葉を、頭の中で必死に考えていた。

だがその一方で、自分には馴染みのこの思想が、必ずしもすべての大人にとっての常識ではなかったことに、直は戸惑っていた。

（おじさんは本当に、魂なんてないって思ってるのかな。それとも舞がおばさんの後を追わないように、わざとそう言ったの？）

小さい頃から、夏子に人間の本質は魂だと教えられて育ってきた直にとって、魂の存在を否定する人間がいるということは、大きな衝撃であった。

死んでも魂は残ると思うからこそ、人は一生懸命に生きるのではないのか。死んで終わりなら、人はそもそもなんのために生まれ、生きなければならないのだろう。忠彦の言葉は、かえって舞に絶望を与えたに違いない。舞が知りたいのは、この世の現実ではなく、あの世の真実なのだ。今日の告別式で、圭子の亡骸は燃えて灰になる。それが圭子の消滅を意味するのか、それとも圭子の抜け殻が燃えるにすぎないのか、舞はそれを確かめようとしているのだ。

途中芹川家と書かれた立て札の前を何度か駆け抜け、そのたびに直は、この道を通ったであろう舞の動揺を思い、気が気でなかった。

日曜日の早朝の町は、寂しいくらい静かで、大通りを走る車の音だけが、やたらに大きく耳に響く。

そこの角を曲がれば、もうイイジマとお寺の路地だというとき、直は前方に、二人の人影を見た。

「あ」

直は思わず声をあげた。

智哉だ。

智哉と、赤い首輪の柴犬を連れたおじいちゃんが、十メートルほど先の電柱のそばに突っ立ち、柴犬が用を足し終わるのを待っている。

直はお寺への角を曲がらず、そのまま智哉たちの方へと駆けた。

智哉は割り箸をお尻のポケットから出してしゃがみながら、駆けて来た直を見て、

「あれ。野々村じゃん」

と言った。

おじいちゃんが、

「おはよう。智哉の祖父です」

と言って、人の良さそうな顔で直に笑いかけた。

直は、

「野々村直です」

と言ってぺこりと頭を下げると、智哉を見て言った。

「舞がいなくなったの」

「え。どこ行ったの」

智哉は持っていた紙袋に割り箸でつまんだ糞を入れながら、悠長に尋ねた。

「たぶんお寺。そのウンコおじいちゃんに渡して、一緒に来てくれない」

「い、いいけど」

「じゃ、失礼します」

直はおじいちゃんに会釈をすると、来た道を駆け戻って角を曲がった。

「おまえ、第一印象サイアク……」

追い駆けて来た智哉が、可笑しそうに笑って言った。が、すぐ真顔になって、

「芹川が何？」

と聞いてきた。

「昨日の夜ママに会いに行くって、言ったらしいの。それでおじさんが、魂なんてないんだから死んでも会えないって言って、説得したんだって。そしたら今朝いなくなってて、死んで灰になるだけの運命なら、なおさら生きる意味がわからない、最後にもう一度確かめてくるって、手紙が……。だからたぶん、このお寺なの」

直は走りながら、早口で説明した。

智哉は黙って聞いていたが、直が話し終えるとすぐ、呆れたような声を出した。

「何やってんだ、芹川のオヤジは」

直はそう言って眉をひそめた智哉を、とても頼もしく感じた。

四

お寺に入ると、庭を掃いていた若いお坊さんがすぐに直たちに気づいて、ほうきを木に立てかけて近づいてきた。

「住職ですか?」

「私と同い年の女の子が来ませんでしたか」

「どうぞ、こちらへ」

真面目で利口そうな顔をしたそのお坊さんは、舞が来たとも来ないとも答えずに、直たちを奥の本堂前へと案内すると、

「こちらでしばらくお待ち下さい」

と言って、本堂脇の小道を入って行った。

「やっぱ来てるのかな」

「オレたちが来ても驚かなかったしな」

「うん」

直は半分ほっとした気持ちで、お坊さんなり住職なりが、舞を連れて来るのを期待して待った。

が、数分後本堂脇から出て来たのは、先ほどのお坊さんと、中年の、偉そうなお坊さんの二人だけであった。

「お待たせ致しました。住職を連れて参りました。では私はこれで」

若いお坊さんはそう言って、さっさと自分の持ち場へと戻って行った。

住職は不安そうな直たちを交互に見て、

「今朝来た女の子の、友だちかな」

と言った。

やっぱり来てたのだ！

「舞、今どこにいるんですか？」

「家へ帰りましたよ」

住職は、まるでなんでもないことのように、さらりと答えた。

直はひどく慌てていた自分が、なんだか滑稽に思えた。隣を見ると、智哉も気の抜けたような顔をして直を見ている。

直は今さらながら、寝ぐせの髪が恥ずかしくなってきた。

「さすがお坊さんだね。こんな慌てることなかったよ」

手で跳ねた毛先を隠すようにいじりながら、直がきまり悪そうに言った。

「運動会前に無駄な体力使わせやがって」

「だって舞があんな手紙……あ、そうだ。住職さん、舞に何か聞かれませんでしたか？」

直はすっかり平静に戻って、住職に尋ねた。夏子により、一応真理を知った気でいたから、直は住職が、舞にどんな説得をしたのか、興味があった。

「ああ、なんかお母さんを亡くされたみたいで……。焼かれた後、お母さんはどこへ行くのかと聞かれたんですがね……」

「なんて答えたんですか？」

急かすように、直が聞く。

「お母さんは、宇宙の一部になるんですよ……と」

「え？」

と声をあげたのは、智哉だった。

直の表情が、みるみる曇りはじめる。直はたちまちいやな予感に襲われながらも、努めて冷静に尋ねた。

「で、舞は何て言ってましたか？」

すると住職は少し困ったような顔をして、こう言った。

「いやね、極楽浄土に行ったんじゃないの？　お母さんはそこで生きてるんじゃないのと何度も繰り返し聞くものだから、お母さんはあなたの心の中で生きていますよ、と言っておきました。それよりほか、言いようがありませんからな」

「ばかあっ！」

突然の直の怒声に、住職はびっくりした顔で直を見た。

「オイッ」

智哉が止める間もなく、直は住職につかみかかっていた。

「舞はそんな陳腐な言葉が聞きたくてお寺に来たんじゃないよっ！　お坊さんがそんな気

休め言ってどうすんのよっ！」

そう言って住職の衣を両手でゆさぶる直の顔は青ざめ、声は怒りで震えていた。

「野々村、落ち着けって」

智哉が間に入って、直の両肩を押すようにして離れさすと、住職は憮然とした顔で衣を直し、

「暴力はいけませんよ」

と言った。

そして、智哉に押さえつけられながら自分を睨みつけている直に向かって、住職は憎らしいほど落ち着いて言った。

「お釈迦様は無我説というものをお説きになった。つまり、我なる自我はないという教えです。死んだら個性というものは失くなり、宇宙の一部となる。そして時期がきたら、また別の個性を与えられ、地上の胎児に宿る。人はその転生輪廻のカルマからは、永遠に逃れられないのです。君のお友だちが、生前の母親の個性が今もどこかで存在するはずだと、信じたい気持ちはよくわかる。しかし極楽浄土や天国といわれるような死後の世界は実際

には存在しないし、人の個性は死んだら無に還るのです。つらいことかもしれないが、それが真理なのだよ」

住職の諭すようなこの話し方が、直の神経をますます逆撫でした。再びつかみかかろうとする直の腕を、智哉がぐっとつかんだ。

「何それ。死んで個性が失くなるんなら、何のためにあんたたち、お葬式なんてやってんのよ。いったい誰に向かってお経なんてあげてんのよ！」

「それは……一つの方便として、遺族への慰めのためにやらせていただいているわけで……」

動揺したのか、住職は少し口ごもった。

「そんなの言い訳だよ。要は詐欺じゃん！」

直は容赦がない。

「詐欺？」

住職の頬が、ピクリと動いた。

「ウソついてお布施もらってんだから詐欺じゃんよ」

「あなたにはまだわからないだろうが、それで救われる人間もいるのです。お葬式を通して故人の死を納得しようとし、また同時に世の無常を知る。そしてやがてくるだろう自分の死への不安を、少しでも取り除きたいと思い、信仰の道へと入る。お布施は言ってみれば、その安心料です」

「何……言ってんの。舞は納得なんかしてないし、自分の死なんか恐れてない。だからここに救われに来たのに……」

直の目から、悔し涙が溢れてくる。

このお坊さんは、いったい何を言っているのだろう。いったい何が、真実なのだろう……。

「じゃあ住職さんは、お釈迦様の魂も失くなっちゃったと思ってるの?」

涙目で睨みながら、こう質問する直に、住職はあくまで落ち着いた姿勢を崩さずに答えた。

「仏は法であり、法は仏です。仏は法として、今も生きていらっしゃる。その法を守り、伝えるのが、我々仏弟子の仕事なのです」

もう、直には何が何だかわからなかった。ただ、ここへ救いを求めてきた舞の失望を思うと、この坊主を一発くらいひっぱたいてやらなければ気がすまなかった。

「智哉、一瞬放して」

直の言葉に、住職の頬が、またピクリとする。

「その一瞬で何する気だよ」

「いいから放してっ」

「直！」

直と呼ばれて、直の体がピタッと止まった。全身から、フッと力が抜ける。

初めてだ。下の名前で呼ばれたの。

「もう行くよ」

智哉が言い、直は大人しく従った。

住職が気の抜けた顔で見送っている。

（そうだ。ここでこの坊主と口論してても始まらない。舞をすぐに捜し出さなくちゃ）

智哉のお陰で冷静さを取り戻した直は、お寺を出るとすぐ、お尻のポケットから携帯電話を取り出して、自宅の番号を押した。

「舞が帰ってるかどうか、確認するね」

直が言うと、智哉は頷いたが、その目に期待の色は見えなかった。直も同じ気持ちだった。あの住職の話を聞く限り、舞が納得して帰ったとはとても思えない。

「はい野々村です」

夏子の声がし、その緊迫した声から、答えは聞かなくてもわかった。

「直だけど。舞、まだ帰ってない？」

「まだよ。芹川さんからも、連絡はまだ……」

夏子の沈んだ声に、直はいっそう暗い気持ちになりながら、智哉を見、首を振ってみせた。智哉が小さく、舌打ちをした。

「こっちは今、三丁目のお寺の前。舞、お寺に来てたみたいなんだけど、住職に変なこと吹き込まれて、それから先どこ行ったかわからないの。もうちょっと捜してみる」

「わかった。詳しい話はあとで聞くけど、直、運動会はどうする気？」

「見つかるまで帰れないよ。お母さん須藤先生に、遅刻するって電話しといてくれる？」

「わかった、しておく。お母さん、八時半には公民館行っちゃうからいないけど、お父さんは家にいるから、また何かわかったらお父さんに報告して」

「うん。じゃあまた」

やっぱり、帰ってなかった。何が家へ帰りましたよ、だ。あの住職は、ことの重大さをまったくわかっていない。

直は電話を切ると、またお尻のポケットにそれを押し込みながら、恨めしげにお寺を見た。

「昨日お通夜に来てたお坊さんは、極楽浄土があるって言ってたのに」

「宗派が違うんだろ」

さらりと智哉が言った。

「仏教は仏教じゃないの。お釈迦様の教えは一つでしょ」

「弟子の悟りに応じて、法の解釈も違ってくるから、それだけ宗派が増えるんだよ。だからここの住職の解釈が、正しいとは限らない」

「そっか。智哉すごい。頭良さそう」

直は感心して、智哉を見つめた。

（学校の勉強はできないくせに、こういうことは知ってるんだ……）

「じいちゃんの受け売りだよ」

照れたように、智哉が言った。

「それよりお前、ほかに心当たりあるの」

直はうーんと眉をよせて考えたが、お寺のほかに、舞が行きそうな場所は思いつかなかった。

「わかんない。こんな時間で、店はどこもあいてないし。ただふらふら歩き回ってるだけかもしれない」

「ありえるな。じゃあオレ、いったん家戻ってチャリ取ってくる。五丁目の土手の方見てみるから」

「え、智哉、運動会は？」

「いいよ。お前だって遅刻すんだろ」

「ありがとう。じゃあ私、こっから駅までの道捜すね」

「オッケ。じゃ」

直は嬉しかった。駆けて行く智哉の背中に、わからないように投げキッスをすると、自分も駅の方へと走り出す。

と、突然、

「野々村！」

と呼ぶ声がした。

振り返ると、智哉がこちらを向いて立っている。

「うちのじいちゃん、毎朝死んだばあちゃんの仏壇に、線香たてて話しかけてんだ」

「……」

直は黙って、智哉を見つめた。

「オレも、死んでも個性は残ると思う」

智哉はそれだけ言うと、また背中を向けて駆けて行った。

直はしばらくその背中を見送ってから、智哉とは反対の方へと駆け出した。

今日の智哉は、なんてかっこいいんだろう。ウンコをつかんでいたのがウソみたいだ。

忠彦や住職によって混乱させられていた直の頭が、すーっと白紙に戻っていく。

大人や偉い人の言葉より、好きな人の言葉の方が、直には断然、真実に聞こえた。

おばさんの魂はきっとある。

直は再び、そう確信していた。

五

（とりあえず、学校周辺からだ）

直は校舎の周りを、注意深く見て回った。

イイジマをはじめ、本屋や文房具屋など、普段舞と行くような店は全部シャッターが下りているので、この辺で舞が立ち寄れそうな場所は、直が知る限りどこにもなかった。直の推測通り当てもなくふらついているだけなら、すべての路地を見て回らなければならない。根気のいる仕事だ。直は舞の名を呼びながら、一通り路地を覗いてみた。が、舞の姿はどこにも見当たらなかった。

直は三丁目を見限って、駅へと向かった。

直の住む四丁目付近は一戸建ての家が多いが、駅に近い二丁目や一丁目になると、ほとんどが団地かマンションだ。

(この一帯は、特に見る必要もないかな……)

直がそう判断し、都営団地の横を走り過ぎようとしたときだ。団地の中から見慣れたおかっぱ頭が現れ、それが暁子だと気づいたときには、もう遅かった。

「何やってんの？　バトン部は早めに集合だって言ってあるでしょ!?」

いきなりこう怒鳴られ、直はうんざりしながらも、一応こう言ってみた。

「舞がいなくなって、捜してるの。アッコも捜してくれない」

「捜すって……今何時だと思ってんの!?　パレードどうする気よ」

「なんとかなるでしょ」

直は半ばなげやりに答えた。

「なんとかなんないよ！　パレードはいいかもしれないけど、その後の団体演技は真ん中がいなきゃ……」

「今はそれどこじゃないの！」

晓子の言葉を遮るようにして直が怒鳴ると、暁子は一瞬、驚いた顔をした。が、すぐに我に返って、直をキッと睨んだ。

「ほんと無責任なんだから！　部長の私の立場も少しは考えてよ！」

（舞が死ぬかもしれないんだよ！）

直はよっぽどこう怒鳴りたかったが、暁子の立場もわかるので、やめた。

直はごめんと早口で言うと、逃げるように駆け出した。

「リレーはどうする気よ！」

背中に暁子の突き刺さるような声を聞きながら、直はひたすら走った。

さすがに罪悪感を感じはじめた直は、走りながらお尻のポケットから携帯電話を取り出し、恭子の家の番号を押した。

「はい。御園生です」

すぐにおばさんの声が出た。

「朝早くすみません。野々村ですけど恭子さんいらっしゃいますか？」

「少々お待ち下さい」

まだ寝ているのか、直は二分ほど保留音を聞きながら走った。

駅前の商店街に入ったところで、ようやく恭子が出る。

「……どちら様ぁ」

寝起きの、不機嫌そうな声だ。

いつものことだが、恭子のお母さんは取り次ぎのとき、こちらの名前を伝えてくれない。

「直だけど」

と言って初めて、いつもの親しげな、恭子の声になる。

「あ、なんだ直。どうしたのこんな早く」

「舞がいなくなったの。今いろいろ捜してるんだけどさ、運動会、間に合いそうもないの」

「え。だってバトンは」

「どうにかなるんじゃない。それより……」

代わりにリレー出てくれない？　と言おうとしたときだ。

「あれー、何してんの直」

と、背後から突然聞き覚えのある声がした。振り返って直がきょろきょろしていると、

「こっちこっち」

とまた声がする。

見ると数件先の二階の窓から、茜が顔を出し、手を振っている。今通りすぎた場所だ。

直は恭子に、

「ちょっとごめん。茜」

と言いながら、シャッターの下りているつくね屋の前まで戻った。

「舞がいなくなって、今捜してるの」

二階を見上げながら説明する。

「え？　……大変だね」

「だから運動会遅れるけど、見つかり次第行くから」

「わかった。リレーまでにはなんとか見つけてね」

「それを今、恭子と交渉してるの」

耳に当てたままの携帯電話を指差して直が言うと、直と同じリレーのメンバーである茜

は安心したらしく、

「あ、そうなんだ。恭子なら速いしね」

とすぐに賛成してくれた。

「え？　何よ。何の話？」

電話の向こうで、恭子が慌てている。

直は茜に手を振って、再び商店街を奥へと駆け出しながら言った。

「もしリレーまでに間に合わなかったら、恭子代わりに出てくれないかなと思って」

「えーやだよ。だってあんたアンカーじゃん」

「大丈夫。恭子速いから。お願い」

「しょうがないなあ。芹川さんも人騒がせだね。何かあったの？」

「お母さんがいない世界に生きててもしょうがないから、会いに行くって」

「それって死にたいってこと？」

恭子が驚いた声を出した。

「そう。だから私、精一杯生きてから会った方が、おばさんも喜ぶって、伝えてあげたいの」

「でもそんな気休め言ったって……。実際もう会えないんだから」

「え？」

　直は思わず、聞き返してしまった。

「恭子も、死んだら終わりだと思ってるの？　魂はないと思う？」

「え？　ないでしょ魂なんて」

「舞のお父さんも、そう言ったの。そしたら舞、どうせ死んだら灰になるだけの人生なら、なおさら生きる意味がわからないって」

　直はいつの間にか立ち止まっていた。

　携帯電話を耳に押し当て、祈るような気持ちで恭子の返事を待つ。

「ん……まぁ、そりゃそうなんだけど……」

と言って、恭子は言葉を切った。そして少しの間考えた後、こう言った。

「だったらさ、どうせ死んだらおしまいなんだから、思い切り好きなことして、楽しんでから死んだ方がいいんじゃない？　って言ってあげれば？」

直はなんだか、心細くなってきた。

もしかしたらこの世の中、こういう考え方をする人の方が、多いのかもしれない、とふと思いついて、ぞっとした。だとしたら舞の周りは、ほとんどが敵ということになる。

「私は、天国ってあると思う。人間の魂は何度も地上に生まれ変わって、心を磨く修行をしてるんだって、お母さんが言ってた。そうやってだんだん、神様に近づいていくんだよ」

こう言ってみたものの、直の浅い信仰心は、再び怪しい靄《もや》に覆われ、自信を失いかけていた。

追い討ちをかけるように、恭子が言い返す。

「そう言った方が、子どもがいい子に育つからだよ。うちの親なんか、人生短いんだから、あんたたちも自分の好きなように生きなさい、とか調子のいいこと言って、離婚しちゃったもんね。結局自分さえ良ければいいって精神の人が、一番幸せに生きれるんじゃないの。芹川さんもそれくらい図太くならないと」

「大丈夫なの、そんなこと言って。おばさん聞いてるんじゃない」

「聞こえるように言ってるんだもん。それじゃまたね。そろそろ支度しないと私も遅刻しちゃうから」

「あ、うん。じゃあまた」

芹川さんによろしく、という言葉を残し、恭子は電話を切った。

結局、恭子もあの住職と同じで、事態を甘くみているのだ。どうせすぐに戻ってくる、家出くらいに考えている。なんだか悲しかった。真実を知りたいと願う舞の切実さも、真実を伝えたいと思う直の気持ちも、恭子に伝わらないことが、直にはもどかしかった。

直は再び当てもなく走り出した。

と、手に握ったままの携帯電話が呼び出し音とともにブルブルと震え、直はハッとしてまた立ち止まった。

「はい、もしもし」

急いで出ると、相手は父の健児だった。

「直。舞ちゃんが、見つかった……」

「え！　どこで……」

心臓が、激しく脈打ち出した。

(見つかったのに、どうしてそんなに、暗い声なの！)

「四丁目の、大通りで……」

「大通りで、どうしたの？」

自分の声が、震えているのがわかった。不吉な予感が頭をかすめ、携帯電話を持つ手が、ガタガタと震えた。

そうだ大通り！　どうしてそれに、気づかなかったのだろう。事態を甘く見ていたのは、自分の方だ……！

「トラックにぶつかって……亡くなった」

直はふらふらと端に寄り、洋服屋のシャッターに、寄りかかるようにしてくずれ落ちた。シャッターのガシャンという音が、静かな商店街に響き渡る。

「ウソ。ウソ。ウソだよ……」

直の両目から、涙が溢れ出した。

「自分から車道に、進み出たらしい。即死だよ」

「ウソだよ！」

「直？　今どこにいるんだ？　とにかくすぐ戻ってきなさい」

「やだ。見たくない。舞の死体なんか見たくない……！」

取り乱し、激しくしゃくりあげだした直に、健児の動揺した声が聞こえてくる。

「今車で迎えに行くから。場所を言いなさい」

「商店街……」

しゃくりあげながら、直が答える。

「どこのっ」

「駅前の……」

「わかった。そこでじっとして、待ってるんだぞ？」

「うん……」

受話器を置く音が聞こえ、直は力なく、腕を下ろした。指の間から、するりと携帯電話がすべり落ちる。

直は両足を、冷たいコンクリートの地面に投げ出したまま、一人大声で、泣けるだけ泣いた。しゃくりあげすぎて、息が苦しくなるのも構わず泣いた。何も、考えたくなかった。

そのうち頭がキーンとしびれてきて、いっそのこと、このまま気を失ってしまえれば楽なのにと、直は思った。きっと舞の苦しみはそれ以上で、気を失えない代わりに、命を絶ったのだ。

目の前にぼんやりと人影が映り、見上げると、まだ何も知らされていないらしい忠彦が、目を見開いて、直の泣き顔を見つめていた。直がうつろな目を向け、力なく首を振ると、忠彦の両目はますます大きくなり、直は思わず目を閉じて、耳をふさいだ。

が、忠彦は取り乱すことなく、ただ突っ立っている。直はおそるおそる目を開けて、忠彦を見上げた。直はその、停止したような忠彦の顔を見て、おじさんはこれから、壊れるかもしれない、と思った。

＊

一週間後、焼香に訪れた直に、忠彦は舞の宝物だった花図鑑を形見にくれた。

忠彦はこの一週間ですっかりやつれ、見るたび顔色がくすんでいったが、その日は特にひどく、まるで明日にでも死んでしまうみたいに見えた。

直は機会があったら思い切り責めてやろうと思っていたが、そのひどい顔を見て、やめた。

「おじさんは、死んじゃだめだよ」

直は忠彦の生気のない目を睨みつけながら、思わずこう言っていた。

忠彦はハッとした顔で直を見たが、すぐにうなだれて、肩を小刻みに震わせはじめた。

直は黙って立ち上がり、芹川家を出た。花図鑑はずっしりと重く、直はぽっかりと空いてしまった心に押しつけるようにして、それを抱いた。

向こうから智哉と石高君が歩いてくるのが見え、直はゆっくりと空を見上げて、舞が見ているかどうかを確認した。が、舞の姿は見えるはずもなく、ただ天国に届きそうな澄んだ空だけが、どこまでも青く、続いていた。

「石高君、来てくれたよ」

直は見えない舞に向かって、大声で叫んだ。智哉と石高君も立ち止まり、眩しそうに空を見上げた。

果たして舞はお母さんに会えたのだろうか……。

「ウーパーちゃん……」

そっと呟いてみる。

もう二度と、あの笑顔は見られない。

両手で花図鑑を抱きしめながら、直は圭子の側で幸せに笑っている舞の姿を思い浮かべようと努めた。しかしうまくできなかった。

舞の笑っている遺影をもう一度見たくて、直は芹川家に引き返した。ドアを開けると、忠彦はまだ、肩を震わせて泣いていた。忠彦に対する怒りは、もはやなかった。泣いている忠彦の隣に静かに座り込むと、直は再び、似ている二つの笑顔を見た。お母さんの隣で、にっこりと笑う舞の遺影……。

ポタッと涙が落ち、直は慌てて、濡れた花図鑑を袖で拭いた。そしてすぐに涙を拭うと、舞の遺影をまっすぐに見つめた。

自分にも、今後どんな試練が襲いかからないとも限らない。しかし自分は、決して負けるものかと、このとき直は思っていた。

（見てて、舞。私のこれからを！）

直は舞の遺影に向かって、唇を横に引き、ウーパー顔でにいっと笑ってみせた。すると、

「もう。またそういうことしてぇ」

という、変な声がした。

焼香を終えた智哉に見られていたらしい。舞の特徴をつかんでいたので、直は思わず笑ってしまった。

ずっと肩を震わせていた忠彦がとうとう嗚咽をもらし、焼香中の石高君が、キッと振り向いて直たちを睨んだ。

「不謹慎だぞ！」

しかし、直はもう笑ってはいなかった。舞の遺影を静かに見つめ、これから新たに始まるであろう、自分の長い人生のことを思っていた。

著者プロフィール
新橋 実夏（しんばし みか）
1974年、京都市に生まれる。

手折られた花

2003年11月15日　初版第１刷発行

著　者　新橋 実夏
発行者　瓜谷 綱延
発行所　株式会社文芸社
〒160-0022　東京都新宿区新宿１－10－１
電話　03-5369-3060（編集）
03-5369-2299（販売）

印刷所　図書印刷株式会社

©Mika Shinbashi 2003 Printed in Japan
乱丁・落丁本はお取り替えいたします。
ISBN4-8355-6599-1 C0093